君は僕の太陽でした

夏川 龍

東京図書出版

一

二〇二一年七月、この国は今、二度目の東京オリンピックを迎え、かつてないほどの熱気に包まれている。

四年に一度、世界中の国が集まり開かれるこの祭りの起源はそもそも古代ギリシアにあり、ゼウス神をはじめとした神を崇めるために始まったとされている。人がスポーツをするところを見て喜ぶ神様がいるのかと、ついつい考えてしまう。

日本中がまさにオリンピック一色に染まっている中、僕はというと東京を出ていくところである。元々、人混みや騒がしいのが嫌いで何年か住んではみたものの一度も慣れることはなかった。東京は華やかな世界だけれど、それ故にどこか空虚で寂しさをはらんだ世界というのが僕の抱いた感想だった。

それでもたまに僕が初めてここにきたときのことを思い出す。今となってはとてもいい思い出だ。

一人でいるのが好きな僕が地元を離れ、この東京まで来たのに「偶然」という言葉ほど似つかわしい言葉はない。

ただそれは、行き当たりばったりというよりは予め決められていたという意味の方がしっくりくる。運命なんていう仰々しいものじゃないけれど、約束というとまた軽んじているようでどこかしっくりこない。

僕の人生を大きく変えたあの数年を今でもどう語ればいいかよく分からない。でも、もし誰かに聞かせるならまずは彼女のことから話すだろう。

僕は彼女と過ごした日々を振り返る。

二〇〇九年二月。

高校二年生の僕は今年で三年生になる。高校ではあまり目立つほうではなく、むしろそういうことが苦手だった。友達もいなく、毎日授業を受けて終われば帰る。ただ、これを繰り返した二年間だった。

学校が好きか嫌いかで言えば、別にどちらでもなかった。行かなくてはいけないので、毎日、通っていた。それだけだった。学校へ行く途中、海を眺め、波の動きを観察するのが日課だった。朝の海は静かで今にも波に引き込まれてしまいそうな感覚がした。休みの日に外出はしないので、運動がてらに外を歩く意味でも、学校に行く意味はあった。

一方的に教科書の知識を詰め込ませる授業に退屈しながらも、聞いていていてもいなくても然程大差がないことに気が付いてからは、授業も苦ではなくなった。

こんな毎日を過ごす僕の高校での楽しみは図書室で本を読むことだった。僕の唯一の趣味と言っていい。毎日、本を借り、許された時間まで放課後を図書室で過ごす。本を読んでいる間だけ、まるで世界から孤立し、自分の世界に没頭できるあの感覚が僕は好きだった。これが僕の日常であり、普通だ。他の生徒たちを見ていると誰かと過ごす日々も楽しいのかもしれないと思うが、正直な気持ちを言えば、面倒なことが多いので避けたいと思ってしまう。

授業と同じで聞いていても何の為にもならない話をましてや笑顔でさも面白いというふうに聞かなくてはならないなど僕には出来ない所業だった。そんなことをしなければ友達でいられないのであれば、僕にはいらないと常々思っていた。

だから、学校では誰からも話しかけられたりはしない。今日も一人図書室で本を読んでいる。図書室の心地よい静けさが僕を落ち着かせる。ここでは授業を受ける教室と違い、誰もこの静けさを壊すことはできない。

そのはずだった。しかし、異常とは、日常を壊すものであり、そういったものはいつ起こるのかを巻き込まれる本人には絶対に前もって教えてはくれない。僕はこの知識を本から得た。だから知っていたはずなのに、実際僕が巻き込まれる側になるとはそれまで考えてもみないことであった。

「おーい」

誰かが誰かを呼んでいるらしき声がした。静かな空間では気を遣って、小声で話すものだが、その声は小さくとも、よく響いたので目立っていた。呼ばれている人は気づいていないのか、声はまだ聞こえた。

非常識な人たちがいたものだなと思い、僕はそもそも聞こえないふりをして、本に意識を集中させた。

「おーい、おーいってば」

その声はだんだん大きくなっていく。

「聞こえないの？」

というより、だんだん近くで聞こえてくる気がする。

「君のことだってば」

そう聞こえたあと、僕は体に違和感を覚えた。誰かに脇腹をつかれたようだった。

ここでようやく声の主が僕を呼んでいたことに気づく。でも誰なのか僕には全く見当もつかなかった。

僕は読んでいた本を下げ、隣を向いた。そこには知らない女の子が立っていた。

「もしかして、僕のことですか？」

人と話す時のコツは決して相手の目を見ないことだ。見ると緊張してしまう厄介な性分なのが僕である。

「やっと気づいてくれた。無視するなんてひどいよ」

彼女はそう言うと頬をふくらませた。

何か用事があって話しかけてきたようなので一応の礼儀として返事をする。

「いや、無視してたわけじゃなくて呼ばれてるのが自分だと思わなかったから」

僕の方にまでわざわざやって来たその女の子は本ではなく、教科書を持ち歩いていた。勉強しているのだろうと推測したが、なぜ教科書を持って僕の方にやって来たのかの答えは出そうになかった。

「何か用ですか？　ないなら読書に戻りたいんですけど」

「ちょっと待って。えーとね」

彼女は持っていた教科書とにらめっこを始めた。聞きたいところを確認してから話しかければいいのにと思いながら僕は待つ。

「あった。ここなんだけど、なんて読んだらいいの？」

そう言い、彼女は現代文の教科書を差し出した。

彼女は勉強熱心なのかメモだらけで読みづらかった。僕は彼女が指差した部分を見て読んであげた。

「これは『羞恥（しゅうち）』って読むんだよ。意味は恥ずかしく感じる気持ちかな」

「ありがと。難しい漢字ばっかりで困ってたんだ」

彼女が開いたページは夏目漱石の『こころ』だった。

見知らぬ女の子から声を掛けられるなど初めてのことだった。どうして僕なんかにと思ったが、理由を考えるだけ無駄だと思い、用も済んだようなので、僕は再び読書に戻った。

しかし、先程までとは明らかな違和感があった。それはさっきの女の子がまだ隣に立っていることだった。さっさと元の席に戻ってくれないかと、本を読んでいるフリをしながらそう思った。

「よかったら、隣に座ってもいい？」

何でと思った。もちろん僕の答えはダメであったが、そう告げる前に女の子は席に座ってしまった。許可を取るという行為の目的をガン無視した行動に僕はこの女の子に対して、不信感を募らせた。

もう後の祭りなので、僕が我慢することにしてあげた。これ以上、話しかけてきさえしなければ何とか読書に集中できそうだった。

「ねぇねぇ」

どうやら、この子は人の期待を裏切る才能があるようだった。無視してもよかったが、今度は正確に僕に向けられている言葉に無視する理由が見つけられなかったため、渋々、返答する。

「何？」

「いつも放課後はここにいるの？」

「そうだね」

「一人で？」

「そうだよ。どうしてそんなことが知りたいの？」

「別に。何となく」

クスクスと堪えるように笑う彼女。考えていることがさっぱり読めないため、僕はさらに不信感を高めた。

僕は彼女から逃れるように本を読んだ。彼女はその隣で教科書と睨めっこを始めた。なぜ、そう思ったのかと聞かれたら、教科書を見ている顔がそうであったとしか言えない。実に目まぐるしく変わる顔をひと言で表すと苦闘というのが適切な表現だと思う。それに付け加え、時たま唸り声のような声をあげるので、僕は読書どころではなかった。

おそらくこれは、僕に困っていることをアピールしているのだろう。何度かちらちらとこちらに視線を送ってくることからそう感じた。

そんな姑息な手段に負けてたまるかと思った僕は、内容などそっちのけで本に齧り付いた。いつまで経っても、僕がこちらを振り向かないからか、彼女もさっきのアピールを強めた。まるで張り合うように僕らはお互いの意地をぶつけ合った。彼女は絶対、僕を振り向かせてやるといった具合に僕の注意を引いた。僕も彼女なんか最初からいないかのように振る舞い、無視を決め込んだ。

お互いにとって負けられない戦いがそこにあった。次第に僕は窮地に立たされた。捲るスピードが速すぎたため、残りのページがわずかになってきてしまった。今日選んだ本を読みかけのものではなく、全集にしておけばよかったと後悔した。

そんなことを考えているうちに勝負は決着した。勝者は僕だった。

彼女はうるさくしすぎたせいで、図書室にボランティアとしてやって来ていた保護者に怒られてしまった。なぜかその時、僕もセットで注意をされたような気がしたが、僕は華麗にスルーした。

ボランティアの方が去ると、怒られた張本人は反省の二文字を知らないようで、陽気な声で話しかけてきた。

「怒られちゃったね」

「僕に言うと、僕まで怒られたみたいになるんだけど」

「君も怒られてたよ」

当たり前のような顔でそう言われたのでカチンときた。

「君だけが怒られたの。僕はそこに含まれてない」

久しぶりに怒った気がした。声の調子でそう思った。しかし、彼女は全く気にしていないようで、僕の反応を面白がった。

「怒れるんだｗ」

「当たり前だ。どういう意味で言ってるんだ」

「ごめんごめん。だって話しかけるなみたいなオーラが出てたから、逆に話しかけてもらおうかなって思って」

もし、そうなら今、こうして会話が成立している時点で僕は彼女の作戦にまんまと引っかかったことになるのか。この重大な事実をどう腹の中で噛み砕こうか、あまりに大きなショックに僕は僕の間抜けさを恨んだ。

「まだ、何か用なの？」

「うん。分からないところがあって」

「漢字なら辞書引けば」

「違うよ。内容のことで」

面倒くさい方向に話が進みそうな予感がしたが、間髪を容れず彼女が話し続けたため、どうやら彼女の中では僕が協力することになっているようだった。目の前で同意という言葉を辞書で引いてやろうかと思った。

「これって結局、どういうお話なの？」

いきなり、お話の核心に触れようとする彼女に不躾な印象を覚えた。でも、そこが分かれば、この小説が物語として成立することも確かだった。

「先生が書生に自身の過去を回想させるお話」

「そういうことじゃなくて、テーマみたいなもののこと」

「タイトルにあるじゃないか」

その言葉を受けて、教科書をパラパラして題名のところまで行き着いたあと、また首をかしげた。

「どういうこと？」

「つまり、人間の心がこのお話のテーマなんだよ。小説の内容に重きを置くんじゃなくて、登場人物の行動に注目して読んでいくんだよ」

彼女はなるほどといった顔をしてはいたが、まだ、腑に落ちていないのだろう。僕は続けて解説した。

「この話の中で先生の友人だったKが自殺するだろう。何でKが自殺したのか、Kにとってお嬢さんや先生がどんな存在であったのか、それを考えるのがこの文学の面白いところだよ」

「Kってお嬢さんと結婚できなかったから自殺したんじゃないの？」

少し、興奮気味に食って掛かってきたので少し驚いてしまった。

「違うと思うよ。言うなれば、Kは自分の思想に殉死したんだよ」

「どういうこと？」

「Kにとって勉学こそ、彼にとっての全てなんだよ。人間とは何か。幸せとは何か。それを追い求めたくて、医学の道には進まずに、その後、支援を打ち切られ、実家から勘当されても勉学に励んだ。そんな堅固な意思をもっている人間が簡単に自殺なんてしないよ。その堅固な意思を砕いたのがお嬢さんなんだ。Kだって人間なんだ。どれだけ禁欲しても自分の欲求にはいつか負けてしまう。でもそれは今までの自分を否定することになる。そんな二つの感情に揺さぶられている時にとどめを刺したひと言が『精神的に向上心のない奴は馬鹿だ』っていう先生の言葉さ。これはかつてのK自身の言葉なんだ。恋愛にかまけて向上心を無くしてしまったKは恋愛に生きようにもお嬢さんに先に告白したのは先生と知って恋の道に生きることができなくなった。かといって、勉学の道に戻ることもできない。身寄りもなく、たった一人になったことを実感して、自殺を選ぶんだ。そういう登場人物の心情を予想して読まなきゃいけないんだ」

僕はさらに続けて言った。

「君と同じようにこの作品に対して、疑問を抱いてる人や書き込みが足らないと批判している人もいるけど、作者が語らなかったところを読者の考えで埋めることで、初めてこの作品は形となるんだよ。作者が描いた世界に読者として参加し、この物語を読者の解釈で持って、終わらせる。そういう余地が多分に残されているから、読み続けられてきたんだよ」

さっき怒ったのが原因なのか、頭に血が上っていて、普段の僕では考えられないほどに口が回った。

常日頃、頭の中で考えていたこの作品に対する僕の考察を全て彼女にぶつけるように言ってしまったため、引かれたなと思った。

しかし、彼女の反応は思いがけないものだった。

「ふふふ、君の話面白いね」

そんな返答が返ってくるとは夢にも思わなかった。それと同時に自分がしたことが恥ずかしくなって、自分でも顔が熱くなっているのが分かった。

「なるほどね。そうやって読めばいいんだ。急にこの作品が面白く思えてきたよ」

「それはよかった」

「もう少し、教えてほしかったけど、私、友達と約束があるんだよね。続きはまた今度ってことで」

立ち上がりながらそう言うと颯爽と帰っていってしまった。

僕は返答する隙をもらえなかったため、何も言えないまま、彼女の後ろ姿を見送った。彼女が居なくなって、どっと身体に疲労を感じた。

一体、あの人物は何だったのだろう。その正体を確かめることができないまま、さっきの彼女の言葉を思い出した。また今度と言っていたが、もうこんなことはごめんなので、僕はしばらくの間、ここへ来ることを控えることにした。

窓の外を見ると、空は真っ暗になっていた。もう帰る支度をしなければと思いつつ、窓から暗がりと自分を見つめていた。少しだが窶れた顔になっている気がした。

これが僕と彼女の最初の出会いだった。初めはおそらく、お互い良い印象ではなかったと思う。少なくとも僕はそうだった。この出来事があって、もうこれ以上関わりたくはない相手だと思っていたが、僕らは不思議な縁で繋がっているようで、意外にも彼女との再会は早かった。

二

朝の陽光と身に刺さるような寒さで僕は目を覚ました。冬の時期は空気が乾燥しているので毎朝、起きるたびに喉が痛く、口の中に気持ち悪さを感じた。ひとまず、うがいと顔を洗うために洗面台に向かった。冷たい水を顔にあてるのは苦行であったが、水の温度に慣れてくると、すっきりと気持ちの良い気分になり、目も冴えるので一石二鳥である。

身支度を整えてから制服へと着替え、朝ごはんの用意をした。今日はお弁当を作る日だったので、米ではなく食パン一枚にジャムという簡単なメニューにした。ご飯を食べ、お弁当を作り終えたところで、時計に目をやると、出発する時間の五分前だった。急いで鞄に荷物を詰め、いつも通りの時間に家を出た。

毎日決まった時間に家を出て決まった道を歩いて行くというルーティンを崩さないように心掛けていた。

学校に着き、図書室で昨日読みかけだった本を手に取り、教室へ向かった。教室に入るとまだ誰も来てはいなかった。今日も僕が一番だったことに安堵し、いつもと変わり映えのない一日の始まりを予感した。

席に着き、まず本を開いた。単に本を読みたいからであったが、こうすれば話しかけられることがなくなるため常に実践していた。これは僕が人生の中で見つけた一つの知恵だった。

本が読み進められていくにつれて、教室に人がポツリポツリと増えてきた。そんな教室を僕は横目で観察していた。最初の方に来る人たちは友達がまだ一人も来ていないため、静かな空間でどこか気まずそうにしている。僕にはこれが落ち着くのだけれど、友達が来るまで落ち着かない人を見ていると、自分がおかしな感性の持ち主なのではないかと思えてくる。そんな人も親しい人がやって来ると笑顔になり、これまでの不安を取っ払うようにお喋りを始める。徐々に教室はそんな声で満たされていき、いつしか教室はまとまりのない会話でいっぱいになった。

こうなると、読書がしづらくなり、僕の静かな朝が終わったのだと落胆する。これが僕の平穏な毎日だった。あとはホームルームが始まるまでこの騒音に耐え、授業を受けて帰るだけでいい。この時間をやり過ごすことが一番の難所であるが、僕はこの世界とは何の関係もないと考えると、聴覚がクリアになり、耐えることができた。

いつもならそれでよかった。しかし、今日は違った。僕をあっちの世界へ誘おうとする悪魔の囁きが耳に飛び込んできた。

「おはよう」

それは教室を飛び交う、なんてことはない普通の言葉だった。普通ではないのはそれが僕に向けられていたことだった。気がつかないフリをしたかったが、昨日のように脇に違和感を覚えたため、まさかと思い顔を上げてしまった。

「おはよう。昨日はありがとね」

その顔には見覚えがあった。いや、忘れられるわけがない。昨日、いきなり話しかけてきて、散々、迷惑をかけられて、もう二度と再会したくないと願った相手だった。

突然の再会に驚かされただけでは足らず、その相手は僕の隣の席に座った。

「もしかして、私のことに気づいてなかった？　お隣になってから、随分経つのにひどいなぁ」

露骨に落ち込んだ表情をし、僕の非を主張してくる彼女。僕は無理やり、ショックから立ち直り、反論した。

「友達なら、すぐ気がついたんだけどね」

「放課後は一人で図書室にいるくせに」

揚げ足を取ったことも、取られたことも、お互いに認識し、僕らは対照的な表情になった。このまま昨日の負けを繰り返すわけにはいくまいと思い、また反論する。

「失礼な。友達ぐらいいるよ」

「誰？」

「井伏鱒二とか森鷗外とか」

「死んでるじゃん」

大きな声で笑った彼女に反応して、教室中の視線がこちらへ向けられた。それでも、すぐに各々の会話へと戻り、教室はいつもの空気に戻った。

「何で、君はそんなに声が大きいの？」

「ごめんごめん。ついね」

反省しているのか、していないのか怪しい口調だった。

「生きてる友達はいないの？」

「残念だけど、いないね」

「悲しい」

「ほっといてくれ」

教室で会話するなど強いられた時にしかしないため、この経験は特殊であり異常だった。そして、それはまだまだ続いた。

僕はそうは思っていなかったが、会話が成立したことで、彼女はしきりに僕に話しかけてきた。ホームルームも授業中も休み時間も話しかけてくる声にひたすら、無視をする一日だった。彼女は僕の素っ気ない返事が気にならないのか、話すことをやめなかった。

帰っていい時間になり、帰り支度をしていると、こんな会話が聞こえてきた。

「ごめん。今日はこれから図書室で用事があるから、また今度ね」

「そうなんだ。勉強？」

「まぁ、そんな感じ」

「期末試験近いもんね。一人でするの？」

「ううん。彼と」

彼女と彼女の友達らしき人の視線を感じたが、今日はどこまでも無視を決め込んでいたので、その視線も無視した。

「そうなんだ」

力無い返事が聞こえてから、その友達らしき人は彼女に別れを告げて、他の友達のところへ行ってしまった。

「僕は勉強なんかしないけど」

「まぁまぁ、そう言わずに。どうせ行くつもりなんでしょう？」

「昨日、怒られたくせに、よく今日も行く気になるね」

「そんなこと気にしても仕方なくない？」

気にしろよと、ツッコみたかったが親しい間柄ではないのでやめておいた。僕は帰る準備が整ったので、席を立とうとしたとき、あることに気がついた。今日の朝、図書室から持ってきた本をまだ返していなかった。今日中に読み終わると思い、正式な手続きを踏まずに借りてきたため、帰る前に図書室に寄り、返さなければならなかった。また、彼女の思い通りに行動してしまう自分に嫌気がさしたが、本を元の場所に戻してやりたい気持ちもあったため、図書室に行くことにした。

僕は彼女に何も言わずに立ち上がって、教室を後にした。彼女は僕の後についてきて、その足が図書室に向けられていることに気づくと、「ツンデレなの？」と聞いてきた。断じてそんなものではないと反論した。

僕らが図書室に着くと、まだ誰も来てはおらず、貸し切り状態だった。ここではそんなに珍しくもない状況になぜか彼女は興奮していた。

僕は持っていた本を所定の位置に戻してから、そこを立ち去ろうとした。すると、まだ僕についてきていた彼女が戻した本を手に取って中を見漁った。

「うげぇ、難しい字ばっか」

僕が読んでいた本を彼女に知られることに無性に恥ずかしさと不快感を覚えた。新手の拷問を受けているようで、僕は彼女から本を取り上げた。

「読んでたのに」

「君にはまだ早いよ」

訳の分からない理由だなと自分で思った。

「じゃあ、おすすめの本とかないの?」

「何で僕に聞くの?」

「だって、いつも面白そうに読書してるから、私もあやかろうかなって」

君がここへ来た目的が違うだろうと思ったが、彼女の追求が激しすぎて、言えなかった。

「そうだ。さっき言ってた、何とかマスジさんとか、森なんちゃらさんの本ってどこにあるの?　それ読んでみようかな」

「あのさ」

ようやく、彼女の隙をついて会話に割り込むことができた。教室でもそうだったが、彼女は話すと止まらなくなる性分なようだ。

「何？」

「君はここに勉強しに来たんだよね」

「半分正解かな」

「半分でも何でもいいから、早く始めたら？」

「だって、君が付き合ってくれないんだったら、やる意味ないんだもん」

理解が追いつかず、フリーズしていると、また彼女は話し始めた。どうして僕にこんなに付き纏ってくるのか疑問だった。何が彼女を突き動かしているのか、その原動力は何なのか、考えれば考えるほど謎しかなかった。

いやこの際、そんなことはどうでもよかった。問題なのはその突き進む先は僕であり、ズカズカと僕の領域を侵犯してくる彼女を止める手立てを考えることが何よりも先決だった。

彼女を堰き止めようとした結果、答えは一つしかなかった。

「それで、君が一番好きな作家って誰なの？」

「そうだ。勉強しよっか」

苦肉の策だった。それでも彼女には効いたらしく、その後は大人しくなってくれたのでよしとした。

「それで、君は何が聞きたいの？」

突如、開始されることになった彼女との勉強会。と言っても、彼女から教わるようなことは僕にはないため、一方的に彼女の問いに答える形だった。なるべく、早く終わらせることだけを考えて臨んだ。幸い、教科は現代文で夏目漱石の『こころ』であったため、僕にとっては取っ掛かりやすかった。

ちなみにさっきの彼女の問いに答えると僕の一番好きな作家は夏目漱石だ。

「ぶっちゃけ、何が分からないかも分からないんだよね」

先行きに不安しか感じなかった。

「それぐらいはっきりしてもらえないと困るんだけど」

「だって言葉の言い回しとかも、今と全然違うから、いまいち内容が頭に入ってこないんだよね。何でこんなのが有名になったんだろう」

相変わらず、横柄に物事を言う態度に辟易しつつ、説明する。

「言葉の言い回しが難しいと感じるのは、僕らの使ってる言葉が現代になるにつれて、簡略化されているからで、作品のせいじゃないよ」

「そうなの？」

「そうなの。あとは？」

「うーん」

彼女が考え中に入ったため、答えが出るまで待つことにした。したのだが、考え過ぎて、首が変な方向に曲がってしまいそうになったため、見かねて僕から切り出した。

「最初からやろうか」

「うん」

調子のいい返事に僕のこの返しを待っていたのではないかと勘繰ってしまう。

僕はため息まじりに彼女に説明を始めた。

「じゃあ、まずはこの作品の概要から説明してあげよう」

「お願いします」

「漱石の作品の中でこの『こころ』という作品は特別なんだ」

「どんなところが？」

「この作品は漱石の自費出版で出された作品なんだ。朝日新聞での連載が終了したのが、一九一四年の八月でそこから刊行されたのが九月ととても早い。しかも、この本の装丁は漱石自身が担当したことからも、この作品への思い入れが窺えるだろう」

「確かに。自信作だったのかな」

「かもね」

「でも、昨日は批判されたところもあるって言ってたよね？　具体的にはどんなことを批判されたの？」

「具体的には登場人物の心情を描き切れていないとか、先生の死の理由がはっきりしないことを指摘されてる」

「あー、それは言えてるね。登場人物たちが何考えてるか分からないから、読みにくくなってるところはあると思う」

「僕から言わせてもらえば、描かれていないところがよく描かれていると思う」

「どういうこと？」

「君の言うとおり、登場人物たちの心理描写は全く描かれていない。でも、作品を読み解くヒントならある」

「どこに？」

「それは漱石という人物が生きた時代さ。漱石が生まれた年に大政奉還が起きて、翌年には明治時代が始まる。そして大正が始まってすぐに漱石は亡くなる。つまり、夏目漱石という人物は明治時代とともにある人なんだ。そして明治という時代は日本に大変革が起きた時代でもあり、現代日本の礎を築いた時代でもある。当時の日本は黒船の来航を皮切りに日本にも欧米文化を取り入れようとする動きが盛んで、積極的に新しい価値観を受け入れていったんだ」

「へーすごい」

「そして、日清戦争も日露戦争もこの時代に起きてる。日本は初めての外国との戦争に勝利し、世界への仲間入りを果たしたと歓喜し、沸き返っていた。そんな時に漱石は一人批判の眼差しで世の中を見つめていた」

「どうして？」

「漱石のことだから、理由は単純ではないと思うけど、君にも分かりやすく言うと、考え方の違いかな」

「……？」

「説明すると、欧米の考え方はいつも個人が主題にあるけれど、日本は常に集団で物事を考えてきた民族だ。そういう考え方の違いのこと。違う思想を取り入れるならまだしも、全く正反対の思想がこの国に入ってきたら、国体は大きく変わってしまう。これまで、積み上げてきた文化や歴史が日本人の意思によらず、外的な要因から変化を促される事態を漱石は重く考えたんだと思う。事実、そんな不安が的中してか、世界大戦で日本は敗戦してしまう。この作品の中の先生という人はたぶん間違いなく漱石の考えを投影した人物だ。漱石自身と言ってもいい。そして先生も明治の人だ。明治の考えに染まり、明治という時代が育てたエリートを自殺させたというのは暗に漱石が明治という時代を批判したいからだと僕は思う。この作品は漱石の想いがたくさん詰まった作品なんだよ」

僕は自分が溜めていた考えをひと通り話し終わり息をついた。喋りすぎて舌が重くなるのを感じながら、彼女の反応が気がかりで仕方なかった。

「なるほど。よく分からなかった」

僕は愕然とし、肩を落とした。あまり難しい表現は避けて、分かりやすく伝えたつもりだったが、彼女の心を打つことは叶わなかった。続けて、彼女は言った。

「文学って難しいなぁ。やっぱりまだ私には早いかも」

「そうだね。君が文学を理解できるようになるにはあと十年はいるね」

「あはは、十年で足りるかな」

「できることなら、僕の労力を返してほしいんだけど」

「ごめん。でも一つ分かったことがあるよ」

彼女が僕の話を聞いて、何を分かったのか期待しないで聞いていたが、的を大きく外れた発言は僕に向かって飛んできた。

「君は本当に本が好きなんだね。君のこと少しだけ知れた気がするよ」

急に僕の話になり、僕は身を隠すように話題を変える。

「それはつまり、さっきの話から何も学んでないってこと」

「勉強にはなってないかもね」

「全然なってないよ」

僕は立ち上がり帰ろうとした。喋りすぎて疲れたこともあったが、どうしてか彼女は僕を知ろうとする。その無遠慮な積極さから逃げたかった。

「どこ行くの？」

「もう十分でしょう。あとは一人でやれば」

そう言って背を向けて出口へ向かった。何を言われようと聞こえないフリをし、足を止めまいと決心したが、彼女のふいのひと言で僕は簡単に足を止めた。

「バイバイ。また明日ね」

耳に届いた言葉に反応を示してしまったが、一瞬ののち、また足を動かし、図書室から脱出することができた。

やっと一人の時間を確保できたことに安堵したが、これが束の間の平穏のように感じられた。

僕はさっきの彼女の言葉を繰り返した。またということはおそらく、明日も彼女と顔を突き合わせなければならないのだろう。逃げるようにあの場を去ったが、結局彼女からは逃げられていないことにため息をついた。

「うーん、疲れた」

こうして放課後に彼女と一緒になるのは今日で何度目だろうか。どうやっても彼女から逃げ切れないと感じた僕は白旗を上げて彼女に降参した。

彼女は執念深かった。彼女は教室でも僕に突っかかってくるようになった。最初は無視していたのだが、次第に付きまとわれるようになり、やめることを条件に話し相手になってあげた。彼女は容姿端麗とは言えずとも、童顔と低身長から女の子らしい可愛さがあったらしく、分け隔てなく人と付き合う明るい性格も相まって、クラスでは人気があった。そんな彼女と僕が話すと、どこかしらから視線が飛んでくるのでそれが嫌になった僕は放課後の図書室で彼女と待ち合わせることにした。

ここなら、他人の目を気にすることもなく、彼女も声が小さくなるため、最適解だと思った。

「疲れたのは勉強を教えている僕で君じゃない」

毎放課、何をしているかというと彼女に勉強を教えていた。これに至るまでも紆余曲折があり、勉強して疲れさせることが一番早く別れられる手段であるという解を得たからだった。科目は現代文であり、どうやら彼女は現代文が苦手らしく、赤点を連発していると聞かされた。そのおかげで僕は勉強の間は彼女を黙らすことができ、彼女は近いテストのための対策ができた。

「ちょっと休憩」

誰の許可を得ようとしたのか、言い終わると同時に机に伏せたため、許可を得る必要はなかった。

僕も教えるのに疲れ、舌を休めたかったため、無言で同意した。

「ねぇねぇ、ちょっと聞いてもいい？」

どうやら、彼女は僕を休憩させてはくれないようだった。

「何？」

「どうしていつも一人でいるの？」

また僕の話かと思った。最初は狼狽えたが、この頃になると、余裕を持って応対できるようになっていた。

「そんなの僕の勝手だろう」

平常心で言うことができた。彼女はこれまで、何度も僕のことを暴こうと画策してきたため、耐性が僕の中にも出来つつあった。

「だって、寂しいし、つまんないじゃん」

「何が」

「一人でいるの」

本当にたまにであったが、彼女との会話で今まで当たり前となっていたことについて改めて考えさせられる時があった。今のがそうだった。

「寂しいともつまらないとも考えたことがなかったよ」

「何で？」

「一度も友達が出来たことがないからじゃないかな」

彼女は立ち上がって驚いた。すぐに迷惑がかかっていることに気がついて座った。

僕は大袈裟に驚いてみせる彼女のいつもの癖なのだろうと思っていたが、後々僕がおかしいことが分かった。

「本当に？」

「本当」

「本当に本当！」

「だから、本当のことだってば」

彼女にとっては信じられないような事実に絶句といった表情をされた。さすがの僕もその顔には傷ついた。

「何で？　友達いた方がいいでしょう？」

「別に今まで生きてきて、友達という存在が必要と思ったことはないし、実際、いなくてもこうして生きてこれたから、必要なものではないんじゃない」

「それは君だけだよ」

「そうかな？」

「そうだよ。私には必要」

「どんな時に？」

「それは、忘れ物した時に貸してもらったり、宿題見せてもらったり、こうして、勉強教えてもらったり」

「それって友達をいいように利用してるようにしか思えないけど」

「全然違うよ」

彼女は否定したが、そういう側面があるのも確かだろう。貸し借りや自分の利益となる相手を選んで付き合う人もいれば、単純に一人ではいられないから相手を探す人もいるだろう。彼女がどういう人間か少ししか分からないが、概ねどちらかに当てはめられるだろう。

僕はそういった側面があるから人とは関わらない。僕なんかがと痴がましいと思ってしまうからだ。

「違くないと思うけど」

「だって、一人じゃ出来ないことってたくさんあるよ」

諭すような声に少し弱々しい心情が孕んでいることに気がついて、すぐに聞こえなかった振りをした。

「みんな出来ないことを共有して、友達になっていくの。私も助けられてばっかだけど、友達が困ってたら助けたいと思ってるし、協力して乗り越えられた時にもっと仲良くなれたって思うの。君みたいに何でも一人でできる人はすごいと思うよ。でも、すぐに限界が来ない？」

心の奥底に眠っているものを言い当てられた気がして、気が気ではなかった。

限界。なぜかその言葉が頭に残った。そして、とっくのとうに限界を超えていると思った。

「君の言う通りかもね」

話す気力を失って、力尽きるように言った。

彼女とのこんなやり取りが僕の抱えてる常識と如何に外れているかの問題を名実のものとした。

僕は特別なのであった。

でも、それを彼女の言うように人と共有しようとは思わなかった。されても困るだろうと思った。

「なんちゃって。私もまだ誰の役にも立ててないんだけどね。でも本当にそうなりたいと思ってるよ」

「そう」

簡単に返事をして、今日はそのまま解散となった。この出来事があってから、僕は彼女と会うのが少し嫌になっていった。

そして、遂にその時がきた。

テスト期間前日。僕らは最後のテスト勉強として、いつも通りの場所にいた。といっても今日は明日からに備え、重要な部分の確認だけして、早く打ち切る予定になっている。

「何度も言うけど、現代文は基本、授業で教えたことしか出ないから、授業ノートをよく振り返ること」

「はい！」

「漢字の書き取りや語句の意味は絶対出るから押さえておくこと」

「はい！」

「作者についても問われるからそこも忘れずに復習すること」

「はい！」

「これだけやっとけば、赤点になることはないと思うよ」

「ありがとう。君に頼んで正解だったよ」

彼女は快活にそう言った。

「まぁ、一応健闘を祈っとくよ」

「ありがとう。私も君が赤点にならないように祈っといてあげるね」

クスクスと笑いながら彼女は言った。

クラスの人気者で常に取り巻きがおり、賑やかで華やかな彼女と、それに対して、友達を必要とせず、常に一人でいる僕との密会は今日で終わろうとしていた。教室でも接点を作らないでおいたため、僕らの関係を知る人は誰もいない。

「じゃあ、私は帰って勉強しなきゃだから今日はこれで」

立ち上がり、堂々と出口へ向かう足どりがとても彼女らしかった。

「勉強したからって、調子に乗って見直さないなんてことしないでよ」

「わかってるよ。君もね」

一応、最後なので今までかけられた迷惑の仕返しに嫌味を言ってみた。僕がしたいじわるに対して、彼女が返したのは笑顔だった。

部屋を出て行く際にこちらを振り向き、手を振って、バイバイと言ってきた。こういう時、どうしていいか分からなかったので、彼女に倣い、手を振り返した。

彼女が出ていった後の図書室はいつもの見慣れた空間でいて、違う空間に迷い込んだような気分がした。

テスト前ということもあって、今日は生徒が全くいない。さっきまで目立たなかった静けさが前面に立ち、一人になったことを実感させる。

僕はほんの少しの間だけ、この静けさにいざなわれて彼女のことを考えていた。なぜなら、それが最近の癖になってきていたからである。何故かの理由は明確で個人的に彼女に興味を持ちはじめていたからだろう。

明るい性格の彼女に対して、暗い性格な僕。

よく喋る彼女に対して、無口な僕。

友達が多い彼女に対して、友達のいない僕。

みんなから好かれる彼女に対して、みんなに好かれない僕。

僕らの違いはあまりにも明瞭で、はっきりしている。

この違いは何なのかな。

分かるはずもないが、一つ確実に言えることは真逆な人生ということだ。しかし、それだけでもない気もする。もしかしたら、似たところがあるのかとも考えたが、それはない。

それが何なのか知りたくなったところで彼女との関係は終わってしまった。

僕にとってはよくあることだ。一時だけ、親しい間柄になっても、その一時が終わってしまえば、仲良しは続かず、また他人へと戻ってしまう。

そして、今回もきっとそんな感じだろう。そんなことを考えていると、考えが彼女で埋め尽くされそうになった。そこで僕は考えるのをきっぱりやめるためのある方法を思いついた。

もう僕と彼女が関わり合うことはない。だから、こんなことをしてもいいだろうと思った。

僕は心の中で、彼女のテストがうまくいくように祈った。

三

テスト期間最終日。最後の試験が終わり、堰を切ったように教室中が騒がしくなった。明日から一週間のテスト休みとなり、三学期もテスト返却と修了式を残すだけとなった。これからやってくる一週間のテスト休みに向けて、予定を立てはじめる声が教室中を埋め尽くしていた。段々と教室は活気に包まれ、その中にいても、外にいるような気がした。クラスに響く声が僕は苦手だった。教室中の声が高まれば高まるほど、その声に埋もれて、窒息しそうな感覚に陥ることが多々あるからだ。

その中で僕はと言えば、いつも通り一人でいた。休みに予定など今のところなく、天災級の変人が現れて、僕をその嵐の中に巻き込まない限り、家で過ごすことに決めていた。

帰りのホームルームが始まると、教室は一旦、静寂を取り戻す。担任が今後の予定や休みの過ごし方などの諸注意を述べている間、彼女と何度か目が合った。その時、なぜか彼女とした勉強会が事実でないような、空虚な感覚に思えてしまった。

ホームルームが終わると、教室は息を吹き返したように騒音に包まれた。僕はもうここにいる理由がなくなったので足早にそこを後にした。かといって、帰ってすることもないので、いつもの場所に向かっていた。

図書室に着くと、そこには誰もいなかった。まさに一人きりの空間だった。

僕はいつも通りの自分の定位置に着くと鞄を置いて、適当な本を探し始めた。本棚に沿って目に付いた作家を列挙していくのが好きなことの一つである。

芥川龍之介、川端康成、太宰治、谷崎潤一郎、三島由紀夫、森鷗外。

どれをとっても一流の作家たちであり、その中で僕の目を引くのは夏目漱石であった。

いつから、漱石のことを好きになったかは忘れてしまっていたが、彼の逸話が好きでその中でも、漱石枕流の話が好きだった。自分のことを変わり者だと自負していた漱石らしさというのか、そこに共感を得たいと思っている。

僕は漱石の作品の中から一つを選び、自身の席へ戻った。

辺りを見回しても、まだ誰も来る気配がなかった。部屋の中で誰もいないという事実が心に安心を生んでくれる。

誰も侵すことの出来ない静けさに僕一人しかいない。この完璧な世界を一体、誰が壊すことができるだろうか。

そんな事を考えていると、廊下から少しずつ大きくなってくる足音が聞こえてきた。

その足音はゆっくりで静かな世界にリズムを生んでいた。

一瞬、こっちに向かってきているのかと身構えたが、その足音は止まることなく、段々と小さくなっていった。

僕は心の緊張を解いて、ゆったりとした。出来れば、まだこの世界が持続してほしいと思っていたからだ。

しかし、そんな思いを踏みにじるかのような足音がまた聞こえてきた。その足音は早く、こちらに近付いてきているのが分かった。

僕はその足音に聞き覚えがあった。

次の瞬間、図書室のドアが思いっきり開いた。その音が静寂だった世界を破滅させるのには申し分ないほどであったのは言うまでもない。

なぜなら、あのドアがあんな開き方をしたのを見たことがなかったからだ。

ドアの向こうにはその大きな音を鳴らした張本人が立っていた。その音の大きさには似つかわしくない小柄で背も小さい女の子だった。

「あー！　やっぱりここにいた」

ズカズカとこちらの領域に踏み込んでくるその足は迷うことなく、まっすぐにこちらを目指して来た。

僕は身構える気持ちで本に集中した。

「何やってるの」

「見れば分かるだろ。読書だよ」

「相変わらず、冷たいね」

「悪かったね。無愛想で」

「別にそこまで言ってないよ。ただ、せっかく仲良くなれたのに、ちょっと会わないうちにまた元に戻っちゃったなって」

「別に仲良くなった覚えはないよ」

「また、そういうこと言う」

彼女は誰の了解を得ることもなく、さも当然のように隣に座ってきた。

「そういうことばっか言ってるから、友達が出来ないんだよ」

「余計なお世話だし、君には関係ない」

「もう！」

自分の心からの本音を言っただけなのに、なぜか、彼女は憤慨していた。それを言葉で表すことが出来ないのか、思いっきり頬を膨らませて意思表示をしてきた。

彼女の行動には常に幼さが付き纏っていると感じていた。それは見た目の幼さだけでなく、行動にも顕著に表れていた。

僕はこのままだと彼女が破裂してしまうと思ったので、話題を逸らすことにした。

「ところで、何の用かな」

「あ、すっかり忘れてた」

話題を変えさえすれば、そっちに集中して今までのことが嘘かのように、表情をいつものものへと戻してしまうから扱いやすい。

「君にお世話になったからお返ししたいなぁって」

「ありがとう。でも気持ちだけ受け取っとくよ」

「まぁまぁ、そう言わずに」

「本当にいいんだけど」

「何かしてほしいこととかないの？」

お願いを聞く立場だというのに全くこっちの話を聞いてくれないという矛盾に僕は一体どう立ち向かったらいいのだろうか。

僕は半ば諦めつつ、一つお願いしてみた。

「じゃあ、一人にしてほしいんだけど」

「それは却下」

ほら、やっぱりダメだった。

彼女に叶えてほしい願いなどない。そもそも他人に期待などしない。それは危険な行為だと思っているからだ。他人に自分の希望を求めるより、自分で行動する方が得られる結果が確実であるというのが僕の心情だ。

でも、こんなことを説明しても、相手は彼女だ。理解できるはずもない。

だから、ここ最近思っていたことを聞いてみることにした。

「じゃあ、一つ質問してもいい」

「そんなことでいいの」

「僕にとっては疑問が解消されるから」

「分かった。君がそれでいいならいいよ。何でも答えてあげる。でもエッチな質問はだめだからね」

僕は彼女の返答を無視しつつ、疑問を一つ投げかけた。

「どうして君の周りにはいつも人が大勢いるの？」

「えっ？」

彼女はきょとんとした顔をした。それはそうだろう。こんな質問をされているのだから、きっと変な奴だと思われたかもしれない。

「うーん」

彼女は腕組みをしながら、真剣に考え込み始めた。その間、何度も首が左右を行き来していた。

僕はそんな彼女を眺めているしかなかった。手に本を持っていることも忘れ、ただ、返答を待つしかなかった。

誰かを待っている時間ほど、苦痛なことはなかった。

そんな考えが頭の中に思い出されている内にとうとう答えが返ってきた。

「うーーーん。やっぱりこれかな」

「随分、長いこと考え込んでたね」

「たくさん答えが出てきて、一つに決められなくて」

「で、答えは出たのかな」

「うん！」

大きな声が返ってきた。

「じゃあ、教えてくれるかな」

「えーっとね」

その後、まだ何かあったのか、もう一度の沈黙の後に彼女は返答してくれた。

「誰かと一緒にいるのが好きだからかな」

彼女の解答は実にシンプルだった。

「友達と話したり、遊んだりして過ごす時間が本当に楽しいの。そんな時間を大切に過ごしてたら、いつの間にか、友達たくさんできてたよ」

彼女は笑顔でそう教えてくれた。

なるほど、僕には到底できない芸当だ。誰かと過ごす時間より、一人でいる時間を大切にしている僕にとって、誰かと時間を共有するほどの余裕はない。

僕にとって他人とはなるべく排斥すべきものであり、それが自己防衛となっていた。

でも、彼女は、いや彼女たちは違う。なるべく多くの人と関係をもち、その中で過ごすことで、ある種のアイデンティティを構築させて、自分という存在を実存のものにしているのだろう。

「君は違うの？」

「全然違うね。人間関係は鬱陶しくて好きじゃないし、そもそも多くの人と関係を持たないことにしてるから」

「どうして？」

「人に影響されたくないから。僕はその場の雰囲気に流されるんじゃなくて、全部自分で決めたいんだよ」

「うーん」

彼女はまた、腕組みをして、何か考え始めたらしい。その顔はさっきより険しいものだった。

「うーん。うーーん。うーーーん」

彼女はその小さな頭の中で色々と思案しているようだった。

答えが出そうで出ないのか、それとも一から答えを考えているのか。外目からは判断がつかなかったが、一つ明らかだったのは脳みそがオーバーワークを起こしているということだ。

このまま、頭から湯気を出して、倒れられても困るので、僕は彼女を静止させた。

「難しすぎるよ。この問題」

開口一番そう言った。

「別に問題提起したわけじゃないけど」

「みんなといるのも楽しいのに」

「あ、そう」

「どうせ、明日からの休みも用事ないんでしょ」

「ご名答」

「あ、そうだ！」

すると、彼女は突然、立ち上がり奇声を上げたので驚いてしまった。

彼女の顔はいつものにやけ顔と違って、子どもが何やら企んでるような卑しい笑みを浮かべていたので、僕は嫌な予感がした。

「君は一人でいる時間しか知らないから、誰かと一緒にいる楽しさが分からないんだよ」

「は？」

「君も友達とどこか出かければいいよ。そうだ、それがいい！」

「は？」

「あーでも確か、君は友達がいないんだった。仕方ない。勉強教えてくれたお礼に私が友達になってあげよう」

「何言ってんの？」

彼女はニコニコしていた。まるで自分の告げた提案が、これ以上最高のものはないってくらいな勢いだった。

「遠慮しとく」

「何で。友達も予定ないんでしょ」

「勝手に決めんな」

「さっきはないって言ったじゃん」

このまま、彼女のペースに乗るわけにはいかないので、僕はまた話題を逸らそうとした。

「君は予定ないの？」

「どこ行こうか！」

どうやら、話を変えようとした僕の作戦は受け付けてもらえなかったようだ。かと言って、せっかくの休日に彼女と過ごすという予定は入れたくなかったので、何とかお断りする道を模索する。

「実は予定があって……」

「嘘だよね」

だから、勝手に決めんなって。

「家族で旅行に行くことになってて」

「小学生じゃないんだから」

別にいいだろう。

「というか、君に予定はないの」

「あるよ」

「じゃあ、そっちを優先したほうが……」

「君の方を優先します」

とうとう、こっちの予定は考えずに、というか、最初からどうでもよかったかのように明日の予定を決め始めていた。

もう何を言っても無駄そうなので黙ることにした。その間、一人で勝手な予定を立て始めている彼女に僕は少し、腹が立った。彼女の自由な身勝手さがとても癪に障ったからだ。だから、約束する振りだけして当日、すっぽかしてやろうという考えが僕の心の奥底に浮かんできた。

「じゃあ、お互いどこに住んでるか分かんないから一度、学校に集合してから出発ね。時間は朝十時」

勝手に組み上げた予定が決定したのか、集合時間が決められた。

でも、明日のその時間に僕がいないということを彼女だけが知らなかった。

彼女はもう明日のことを考えてワクワクしているようだった。きっと頭の中ではあれやこれやしている自身を想像しているのだろう。果たして、その妄想の中に僕の姿があるのか聞いてみたかったが、特に必要のないことなので聞くのを止めた。

だって、二つの意味で僕はそこにいないからである。

僕は行かないということを決めているし、彼女の妄想に僕が登場しているとは考えにくいからだ。僕もよく妄想することがあるが他人が出てきたことは一度もない。皆、自分の持っている閉塞された世界からしか、物事を見ていない。それに気づいた時点から僕の一人の時間が始まったのだ。

だから、僕はその世界から出ようとは思わないし、彼女の世界にも踏み込もうとはしない。普通の男子なら、女の子と出かけるなんていう休日は最高のもので、気の利いたことの一つや二つ言うのかもしれないが、僕にそんな芸当ができるはずもない。きっと退屈な思いをさせてしまって、お互い良い気分にはなれないだろう。そんな結末が分かっているから、僕は行かない。

「じゃあ、私はこの後、友達と約束があるから行くね」

彼女が席を立ち上がる音でこの話し合いの終わりを知らせてくれた。

彼女は軽く手を振ってくれたが、僕は振り返さなかった。正確には少し後ろめたさがあって出来なかった。

図書室を出ようとするその影は最後にもう一度こちらを振り返りこう言った。

「明日、すごい楽しみ！」

その瞬間、僕の脳裏に校門の前で一人立っている女の子の姿が浮かんできた。その映像は妙に鮮明で自分のことのように感じられた。

その時、初めて彼女は僕を待ち続けることになるという事実に気が付いた。

僕は手にしていたすっかり存在の忘れさられた本に目をやった。「明暗」と書かれた文字を見て、自分が岐路に立たされていることを実感した。

僕はどちらを選ぶのか。

僕は数秒、悩んだ末に一つを選んだ。

「このタイトル僕たちみたいだな」

そう呟いた刹那、廊下の方から誰かが駆けてくる音が聞こえてきた。その足音はさっき聞いたのとよく似た足音だった。

ガタンッと大きく開けるドアの開け方にも誰だか検討がついていた。

「大事なこと忘れてた。私、君の名前聞きたかったたんだった」

声の主はこちらに近づきながらそう言った。この娘は今まで、名前も知らない相手に勉強を教えてもらい、あまつさえ、一緒に出かけようとするのだから、末恐ろしかった。可笑しな子がいたものだなと心底思った。

「私は天野ひかり。改めてよろしくね」

そう名乗った彼女は手を差し出してきた。

「君の名前は？」

僕は自己紹介がこの世で一番苦手だ。自分の名前が好きでなかったからだ。

「……」

僕は名前を告げて、彼女の手を握った。というより、握らされた。彼女は大きく手を振り、固い握手をした。彼女の手は薄く、骨まで細いその頼りない手はほんのり温かかった。

「とってもいい名前だね」

自分の名前を褒められたことがなかったので、妙に恥ずかしく緊張した。

「ありがとう」

「うーん」

彼女は手を握りながら、何かを考え始め、天を見上げ始めた。その間、僕はというと、いい加減、女子と手をつないでいる状態に耐えられなくなって、離そうと試みたが彼女の力に苦戦していた。

「うーん。じゃあ、ユウキくんって呼んでもいい？」

その言葉に少し違和感を覚えたが、無難なところに落ち着いたので許可を出した。

「ありがとう。今度こそバイバイ！」

颯爽と現れては消えていく彼女。

そんな彼女の背中を見送り、僕は明日のことを考えていた。

「何か着て行ける服持ってたかな」

昨日、彼女とした約束のために待ち合わせをした校門前に僕はいた。天候は雲一つない快晴で、冬の今頃は空気も澄んでいてまさに出かけるには打って付けと言わんばかりの日である。

考えてみれば、ここ最近、休日に出かけるといったことをしなかった気がする。こんな僕でも一年の頃は誰かに誘いを受けたことが何回かあった気がする。しかし、それを悉く断ったせいで今ではれっきとしたぼっちになっている。そもそも、昔から誰かと遊ぶのは好きじゃなかった。旅行に行く日の前日に急に行きたくなくなってしまうあんな感覚がいつも僕にはある。

今日も出かける瞬間まで行きたくないという気持ちが最後まで残っていた。しかし、行かないという決断に意識が傾き始めると頭の中に立って待っている女の子の映像が浮かんできてしまうのだ。それは曖昧に僕の胸を締め付け、苦しさとも切ないとも言えない微妙なつっかえとなって意識せずとも心の中心に居座り続けてしまうのだ。

だから、今日僕はここに来た。なのに、彼女の姿はどこにもなかった。約束の時間はとうに過ぎていた。一瞬、僕が時間を間違えてしまったのかと思い悩んだが、杞憂だった。

しばらく待っていると、遠くから誰かが駆けてくる気配がした。それはもの凄い勢いでこちらに来ると僕の前で静止した。

ゼェゼェいいながら、息を整えてその人物はこう言った。

「おはよう！」

今の時間は十一時。果たしておはようという挨拶が適切なのか疑問に思ったが、わざわざ嫌味を言うこともないので黙った。

「ごめん。寝坊しちゃって」

彼女は顔の前で手を合わせながら謝罪の言葉を繰り返した。

こういう時に小説や映画では、男は待たされたことに怒ったりせず、「僕も今、来たところだよ」とさわやかに返答しているシーンがある。

まさか、僕の人生の中で使う日が来るとは思わなかったが、彼女の謝罪に免じて気を遣ってあげることにしよう。

「大丈夫だよ。僕も今来たとこだから」

僕はそのお決まり文句を告げた。使ってみて、何の気持ちも籠もっていない言葉だと分かった。

「何だ。ユウキくんも寝坊したんだ。謝って損した」

彼女はケラケラ笑いながら、さっきの態度とは打って変わって、横柄な態度になった。

僕は胸の中で、二度と彼女に気を遣わないと決めた。

「それで、今日は何するの」

「何か機嫌悪いね？」

「誰かさんのせいでね」

「大丈夫。嫌な気分もパーっとどっかへ行っちゃうほど、楽しい予定にしてあるから」

機嫌を悪くさせた張本人が言うんだから、さぞ楽しいところなのだろう。

「今日は、新しく出来たショッピングモールで買い物をします」

彼女はそう息巻くと堂々と胸を張ってみせた。高校生とは思えないほど、平らな彼女の胸は呼吸に合わせて、ゆっくり上下していた。

「じゃあ、行こうか」

「お、乗り気になってるね」

「早く、帰りたいからね」

「そんなこと言っちゃって」

それから僕たちは学校から駅まで移動して電車に乗った。ショッピングモールまでは電車を使って三十分ほどの道のりにある。

その移動の間、彼女はとにかく喋っていた。それはまるで、水を得た魚のように止まることを知らなかった。あまりにも勢いがあり過ぎるので、僕は何度か彼女を制止した。それでもしばらくすると、また話し出す。お手上げ状態になった僕は気が済むまで聞いてあげることにした。

着くまでに大分、体力を消費したけれど、彼女が今日という日を楽しみにしていたことが十分、伝わってきた。

いつの間にか、僕の機嫌も直っていた。

駅を出て数分歩いたところに目的地のモールはあった。

こういう大型施設に来るのはもしかしたら初めてかも知れない。普段の生活の全てを近所ですませているからか、いつの間にかそれがルーティンになって崩せなくなっている自分がいた。

大きな駐車場を通り抜けて入り口の近くに来ると、外からでも店内アナウンスが聞こえてきた。大きな建物に大きな音。今のところ好きになる要素が見当たらない。

店内に入ってみた初めての感想はまるで音が渋滞事故を起こしているような場所だった。

四方から人の声や靴の音。音楽や子供の泣き叫ぶ声だったりとが入り交じっている混々沌々とした空間に僕は辟易した。

「こういう場所って苦手だな」

つい本音が出てしまった。教室という三十人の空間にすら居たくない僕にとってここは苦手以外のなにものでもなかった。

「えー、そうかな。賑やかで楽しいと思うけど」

「この人たちは一体、何の用事があるんだろう」

「そんなこと気になるの？」

普通は気にならないのかもしれない。でも普段、人を見かけない僕にはこの人たちがどこへ行くのかが無性に気になった。

「まあね」

「ここにはね、服とかアクセサリーとか映画館とかゲームセンターとか、とにかく色んなお店があって何度来ても飽きないの」

「僕はもう飽きてるよ」

またまたと言って彼女は笑った。

それから僕は彼女に付き従う形で店の中を歩き回った。これがまた大変だった。彼女はぐんぐんと人の波に上手く乗りながら進んで行くのに対して、僕は彼女の背中を見失わないようにするので精一杯だった。彼女は僕より遥かに小さいのにあの力はどこから来るのかと不思議だった。

途中、何度も人にぶつかりそうになった。広がって歩いていたり、前を見てなかったりと他人に目がいっていないこの人たちに少しがっかりした。

そうこうしているうちに、追いかけていた背中が止まった。

どうやら、目当ての店に着いたようだった。そこには、たくさんの服が綺麗に陳列されていた。

色とりどりのたくさんの服が犇きあっていたが、この中で欲しいと思わせるものは何もなかった。

彼女は並んでいる服を自分の身体にあてて鏡と睨めっこしていた。

「これとこれどっちが似合ってるかな」

僕にとって一番苦手な質問が来た。どちらか選ばなければならないということは必ず、選ばれない方が出てきてしまうということだ。

僕はこの世で選ぶということが特に苦手な人間なのである。

自分なんかが、何かを比べて優劣をつけるなんて烏滸がましいと思ってしまう。

「どっちも似合ってないと思うよ」

だからこういう時は必ず、こう答えるようにしている。どちらも選ばない。実際、これが一番平等だと思う。

どちらか一方を選ぶこともなければ、答えをはぐらかしたわけでもない。服にも彼女にも失礼にならない。

要するに、僕に聞かずに自分で決めろというメッセージだ。

しかし、彼女は露骨に不機嫌そうな顔をした。

「普通、そんなこと言う」

彼女はそう捲し立ててきた。

「じゃあ、なんて言ってほしかったの」

「こういう時は、どっちも似合ってるよとか何着てもかわいいよとか普通気を遣うでしょ」

彼女に気を遣うことを説かれたくはないと思ったが、なるほど、僕が間違っていたのか。

「どっちも可愛いよ」

「全然、気持ちこもってない」

最初から返答が決まっていたならそう言ってほしかったと思うのは僕だけだろうか。

「あ、そうだ」

彼女は何か思いついたようで、それが僕を困らせるものでないことを祈った。

「じゃあ、君が私に似合う服選んでよ」

どうやら、彼女は僕を困らせる天才のようだ。

「嫌だよ。女の子の服なんか選んだことないし。絶対、気に入らないと思うよ」

「君のセンスに任せるからいいの」

それだけ言って彼女は黙ってしまった。まさか、もう彼女のために僕が服を選ぶことは決まってしまったのだろうか。

僕は不安になって彼女の方を見た。彼女はニコニコしながら、ただ僕のことを待っていた。試しに拒否の申し入れを行ったが、彼女は笑みを崩さず黙ったままだった。どうやら、僕の請求は棄却されたらしい。

まさかこんな事態になると初めから分かっていたなら来なかったのにと心の中で後悔が始まった。

ただ、いつまでもこのままでいるわけにはいかないので、僕は店内を歩き回った。

女性ものの衣服が並んでいる棚に男が入るというのは何でこんなに居心地が悪いのだろうか。

こんな目に遭わせた張本人を恨みながら何着か手に取ってみる。

でも、さっぱり分からなかった。服というものを普段どうやって選んで、似合っているのかを判断しているのか。見当がつかなかった。

こんな性格だからか、僕は学校の制服がとても好きだった。多少の差はあれど、みんなが同じ格好で無個性で何一つ特別なことがないあの平等さが好きだった。

僕はふと我に返り、自分が着ている服を見た。朝着ていくものを選ぶ時、持っている服の中で一番綺麗なものを選んでみたものの、こんな服をいつ買ってたかなと記憶が曖昧だった。

僕の服はジーパンに白のTシャツ、灰色のパーカーという特徴のないものだった。

いつの間にか、考えごとに集中していると、ポンと肩に軽い衝撃がした。

彼女曰く、時間切れだそうだった。

「そんなに難しかった？」

「すごく」

考え事をしていた頭から戻ってくるのに時間がかかって、こんな返事しか出来なかった。

「君が何選んでも喜ぼうと思ってたのに」

「ごめん。選ぶのって苦手なんだ」

「そうなの？」

「そうなの」

ふーんと言いながら彼女は唇を尖らせた。ただでさえ、童顔な顔がさらに幼く見えた。

「その癖治るといいね」

「そうだね」

彼女の言葉におぼつかない返答しか出来なかった。この癖は自分の中に根強く残ってわだかまりとなっていたからだ。

「じゃあ、今度は私が君のを選んであげる」

「別にいいよ」

「欲しいものとかないの？」

「思いつかないな」

「ちゃんと、考えてよ」

考えている。考えているが本当に思いつかないのだから仕方がない。

とにかく、ここに欲しいものはないと言ってこのお店を出た。

店を出ると彼女から何か欲しいものがないか見つけるように言われた。

僕は仕方なく自分が何が欲しいのか考えることにした。周りを見渡すと人と物でごった返している。こんな多くの物の中から一つを選ぶなんて不可能な気がした。

歩くとまたさらにたくさんの店が目に入ってきた。

スポーツ用品店や電器屋、文具店や日用品店とあげたらキリがなかった。

店内を歩いて唯一、僕の目を引いたのは子どもたちが楽しそうに遊んでいる遊び場だった。店内に併設されているその施設の中で子どもたちがはしゃいでる姿が目に留まった。

僕は昔からああいうものが苦手だった。というか、恥ずかしかった。あの場では子どもであるということを演じなければならず、楽しく遊んでいる姿を大人たちに見せなくてはならない。

僕はどうしてもそれが恥ずかしくて出来なかった。大人は皆、子どもはああいうのが好きだと思っているようだが僕は全然だ。

できるなら、他の子と交ざるより、繋いでいる手を離さないでほしいとそう思っていた。

こんな思いを他のみんなは経験したことがあるのだろうか。殊更に彼女はしたことがあるのだろうか。僕の頭の中はそのことでいっぱいになった。

人混みの中を迷わず歩いていける彼女と、その背中を追いかけることで精一杯の僕とでは感じ方に大きな違いがあるのか。

それを目の前の彼女に聞いてみたかったが、ここであることに気づいた。

今まで、追いかけていた背中がなくなっていた。

どうやら、この人混みの中ではぐれてしまったようだった。

目指して歩くものがなくなってしまったので、僕は疲れているのもあって歩くのをやめた。

端っこで立ち止まっている集団を見つけたので僕もそこで休むことにした。そこは通路の隅だったからか、妙に暗さがあって落ち着いた。緊張が解けていく感覚がした。

時間帯もあってか、人はどんどん増える一方でそれによって作られる人の波は全てを飲み込む勢いで大きさを増していった。

そこから外れた僕は、なぜかもうそこには戻れないと実感していた。

というより、戻りたくなかった。今日をこの空間で過ごしたことで色々なことを考えてしまったからだ。僕の思考はいつも僕の気持ちも考えずにどこか薄暗いところへ誘おうとする節がある。

こうなってしまってはもう動くことができない。

動けない間、僕はずっと彼女のことを考えていた。今頃、どうしているだろうか。逸れたことに気がついて、捜してくれているのだろうか。

それとも、逸れて一人にした僕に怒っているだろうか。

なぜか、後者に納得してしまう自分がいた。

僕は一人、ここに取り残される覚悟をした。

僕はしばらく、目の前の人の流れを眺めていた。すると、それまで、規則的な流れをしていた人の波に小さなうねりが生じた。人の川を両断するかのようなそのうねりは流れに揉まれながら、着実にこちらに向かってきた。

うねりは大勢の人が作る大きな波を渡りきりその姿を現した。

それは見覚えのある女の子だった。

「ごめん。ユウキ君のこと置き去りにしちゃって」

なぜか彼女から謝ってきたので、つられて僕も謝ってしまった。

「こっちこそごめん」

「何で君が謝るの？」

彼女が首を傾げるので、僕も首を傾げてしまった。

「何となく」

「変なの」

そう言って彼女は小さく笑った。音が散乱しているような場所でも彼女の声は僕に届いた。

表情から彼女が怒ってないことが分かり、少し安心した。

「君がいなくて焦って捜したからお腹空いちゃった」

時間を見ると、午後一時を回っており、小さい針が大きな針を追いかけていた。

「じゃあ、お昼にしようか」

「賛成！　何か食べたいものある？」

「君に任せるよ」

「了解」

それから店内にあるフードコートでお昼ご飯を食べるために移動した。

そこもまた、雑音の吹き溜まりみたいな場所だと思った。食器のぶつかる音や話し声などに同時に襲いかかられているかのようだった。

僕たちは人をかき分けながら何とか席に着くことができた。

「お腹すいた。何食べようかな」

彼女はメニュー表を見ながら、あれこれ提案してきた。

「何か食べたいものある？」

「特には」

「好きな食べ物とかないの？」

「ここにはないかな。ファストフードってあまり好きじゃない」

「そういえば、いつもお弁当だよね」

「何で知ってるの？」

「見てて美味しそうだなって思ってたから」

「勝手に覗くな」

本当に申し訳ないと思っているのか分からない謝罪をされた後、さすがの僕も空腹がまさってきたので仕方なく、ここにあるものの中から食べられそうなものを選ぶことにした。

でもさっきと同じで選べなかった僕は彼女と同じものにした。

僕は荷物と席を取られないように見張っておくという名目で席に残った。その間、彼女が注文しに行くことになったのだが、本当のことを言うと、注文するということができないからだった。店員さんに自分の食べるものを伝えるなんて、恥ずかしくて僕にはできなかった。

相手に自分の好みを知られるのが平気な人間なんて、よほど鈍感か図太い人間だと思っている。

僕は辺りを見回して、そういう人たちを観察する。どこかしこも、勝手な振る舞いをしている人間ばかりで人の迷惑を考えていない。

きっと、今ここで働く人たちに大変な思いをさせてるなんてことも、考えてはいないのだろうと思う。

おそらく、彼らと僕とでは構造から違うのだと思う。僕にとって彼らの構造は不思議すぎて、理解できない。恐怖すら感じる事がある。

人と暮らしていくのに自分を晒すなんて馬鹿としか思えない。自分を出すなんてことをするよりは自分を隠して、他人に合わせる方がよっぽど、健全な生き方だと思う。

新しく自分の中に生まれた考えを自分の中に落とし込んでいる最中に彼女が戻ってきた。

「お待たせ」

「ありがとう」

二人分の昼食を抱えている彼女に形式的にお礼を言った。

さて、彼女に任せてしまった僕のお昼ご飯は一体何になってしまったのか。

彼女が運んできたのはハンバーガーにポテトという如何にもジャンクフードと言わんばかりのものだった。

「美味しそうでしょ。ここでの私のオススメだよ」

「じゃあ、あまり期待はできないかな」

あははは、と彼女は大笑いして席に着いてから、少し遅めのお昼を食べ始めた。

「もしかしたら、初めて食べるかも」

「えー、そんなことあるの」

心底驚いた顔をされてしまった。そんなに不思議なことかと思ったが、それを口にする代わりにハンバーガーを一口放り込んだ。

「どう？　人生初めてのハンバーガーの味は」

「おいしいよ」

本当は美味しくなかった。胸焼けしそうな肉の油に喉にやけに残るケチャップが食欲を無くさせた。

しかし、彼女の手前、まずいと本当のことを言うわけにもいかなかった。

「私ハンバーガー大好きなんだ」

「そうなんだ」

「よく学校終わりに友達と食べに行くんだ」

「太りそうだね」

「まぁね。ユウキくんはそういうことしなさそうだね」

「外食はしないかな」

味のことを思い出さないように黙々と食べ進めていくと、途中で味が変わるのを感じた。どうやら、ピクルスとご対面したようだった。ケチャップでドロドロになったそれを見て、血まみれのようだと思った。

「基本、家にいる派？」

「そうだね」

「することあるの？」

「勉強したり、本読んだり、家事したりで結構忙しいよ」

「家事もするの？」

そう聞かれてまずいと思った
食べるのに必死でしっかりと受け答えができなかった。

「ある程度は」

俯きながらそう答えた。

「それはそれは、女子からの点数高いですな」

想定していた質問とはトンチンカンな方向に話が逸れたので安心した。

「そうなの？」

「君、結構クラスの女子の評価高いよ」

「あ、そう」

意外な事実に耳を疑ったが、どこか自分のことという認識は皆無であった。

「そうだよ。落ち着いてて大人っぽいところとか、本読んでるから頭良さそうだし、そういうとこが評価のポイントかな」

何を聞かされているのか分からなくなってきたが、初めて聞いた、他人から見られている自分像というものは面白く、あてにならないものだなと思った。

「面白いね。自分では自分の良いところなんか全く分からないのに、人がそれを見つけてくれるなんて」

何故か彼女は急に顔を顰め、こちらを見てきた。

「そうだよ。人に好かれる要素がいっぱいあるのに友達作らないなんて何考えてるの」

どうして彼女にこんなに怒られなくてはならないのかと思ったが、僕が人付き合いをしない事が癇に障るらしかった。

「友達ならいるよ。本の中に」

「あーもういいよ」

匙を投げたかのように彼女はそっぽを向いてしまった。その仕草は少し可愛げがあった。

せっかくの休日をこんな僕のためにわざわざ割いてくれているのだから、少しくらい彼女のために何かしてあげないと悪いと思った。

「実はね、昔友達だと思ってた子に裏切られた事があるんだ。僕の方では親友と思ってたんだけど、向こうはそう思ってなかったみたいであっち行けって言われちゃってさ。それから友達作るのが怖くなっちゃったんだ」

言い終わったタイミングで彼女の方に視線をやった。

そっぽを向いていた顔はいつの間にかこっちを向いており、目には涙をためているようだった。

「ごめん。嫌なこと思い出させちゃって」

しょんぼりとした彼女は縮こまって今にも消えてしまいそうなほどだった。

「いいよ。嘘だから」

ここでネタばらしをした。

さすがにいつもニコニコの彼女も怒髪天を衝く勢いで怒ってしまった。

次から次へと噴き出してくるような彼女の感情はしっかりと僕に向けられていた。

彼女が本気で泣いてくれたことは素直に嬉しく、意地悪したことを反省した。

「ひどい！」

「ごめん。まだ遅刻したことの罰を与えてなかったと思って」

「えー今の私が遅刻したから」

「君も悪いよ。何でも人の言うことを信じるべきじゃない」

私が悪いのと不貞腐れながら言ったので、もうそろそろ意地悪を終えてあげることにした。

「でも、疑うよりかは君みたいに信じた方がいいかもね」

「何で？」

「信じることはとても難しいことなんだ。頑張って努力して身につくものじゃないからね」

「うーん。君の言うことは難しくて、すぐには分かんないけど、ひとつ分かったことがあるよ」

彼女は自信満々な笑みでそう言った。コロコロと表情が変わる彼女を見て山の天気みたいだなと思った。

「それは？」

「今のは私のこと褒めてくれたんでしょ」

どうやら、ちゃんと僕の真心が通じたようで安心した。

「まぁ、さっきは迷惑かけたし、今日のお礼もしないとなって思ったから」

「気にしなくていいのに。ていうか、気遣われると、私が君にお礼できないじゃん」

まるで、先生が生徒に諭す時のような口調でそう言われた。

接待される側とする側で上下関係があべこべな気がしたが、昼食とともに飲み込んでやった。

昼食を食べ終わった後、僕たちはまた、店内を回ることになった。初めてきた場所で特に目的もない僕は、彼女の背中を見失わないことを唯一の目的にした。

僕たちは午前中には行かなかった方のフロアを見て回った。見て回るといっても、実際見ているのは彼女の方であり、僕はそんな彼女を観察することしかできない。

観察していて気づいたことは午前と違って午後は足取りが妙にそわそわしているということだ。

彼女は何か目的があって、こんなにも広い空間を闊歩しているようだが、ふとここに来て、今日の買い物の目的を聞いてなかったことに気がついた僕は彼女に問うてみた。

彼女は勉強を教えてくれたお礼に何かお返しの品を探していると答えた。

僕はお断りを申し出たが、やっぱり聞いてくれなかった。

どうやら、僕が喜びそうな物が見つからず、あちこち彷徨っていたようであった。

彼女は僕に何か目についたお店や欲しい物はなかったかと聞いてきた。

僕は頭の中で今日見てきたものを思い浮かべたが、これだけたくさんのお店がありながら、何も思いつかなかった。

仕方なく、そのことを伝えると、思いつくまで帰さないと言われてしまった。

こんな場所に延々と居るのは堪ったものではないので、必死に考えた。

でもやっぱり、欲しいものが思いつかず、時間切れとなり、僕たちは帰路についた。

帰りの電車の中、行きほどは人がおらず、線路上を走る車輪の小刻みな音が車内に響いていた。

どこか気持ちいい音のせいか、疲れのせいか、彼女は乗ってすぐ寝てしまった。

僕は多少の疲労感と彼女の一日を無駄にさせてしまったという気持ちを胸に仕舞い、今日言われたある言葉を考えていた。

「僕の欲しいものか」

頭の中心に入り浸って、離れないこの言葉を考えないようにしようとしたけれど、解答を見つけなければ、今日は眠れない気がした。

欲しいものと聞かれてまず思いついたのは本だった。

本が好きな理由は知識を得られることと、本との関係性だ。読みたい時に本を開けば、いつでも物語の世界に連れて行ってくれて、やめたくなったら閉じればいい。

こんな一方的な関係が心地よく、束縛感がないところが本のいいところだ。

本は開かれる相手をただ待つのみで催促も文句も言わない。ただ僕という読み手のためだけに存在してくれる。

こんなことを言うと、自分勝手だと言われるかもしれないが、それは人間関係においてもそうだと思う。自分の友達が自分と同じものを好きだと分かった瞬間は嬉しく、この人を唯一の親友だと思うだろうが、実際は相手の気持ちを慮って、良好な関係を築くために言った言葉かもしれない。

それで良好な関係が築けて、持続すれば良いが、僕のように相手の裏まで想像してしまうような奴には人間関係は高尚な事柄だ。

相手にとって都合のいい人を演じて、演じられ、互いが最高のパートナーになっていく。そこには心地よさと幸福があるのかもしれないが、次の年が来て、学年が替わり、クラス替えがあって別々になったら果たしてその関係が保たれるであろうか。

おそらく、新しいクラスでまた別の人間関係が始まるだろう。

僕はそういうのが虚しく感じてしまう。

それに比べて本はいつも近くにいてくれて、関係の再会も容易だ。だから、僕は本が好きだ。

次に欲しいのは何てことはない休日だ。

別に学校が嫌いというわけではないが、強いて嫌いな部分をあげるとしたら、騒音がひどいというところだろうか。

しかし、これからは長期休暇に入るのでこれはもう手に入っている。

僕はさらに思考を続けようとした。

が、そろそろ降りなければならない駅が近づいてきたので、隣で寝ている彼女を起こさなければならなかった。

しかし、どんなに声をかけても彼女は起きる気配がなかった。

仕方なく、肩を揺すろうとしたが、出来ずに固まってしまった。

よく考えてみると、異性の身体に触れるのはこれが初めてだったりする。

そんなによくあることでもないだろうが、僕には極めてそういった経験がない。勝手に触ったら怒るだろうか。起こさない方が悪いだろうか。触っても平静を装えるだろうか。

そんなことを考えていたせいで、降りる駅はもう次になってしまった。

僕は意を決して、彼女の肩を揺すった。手から伝わってくる感触は温かく、そのまま僕の胸をドキッとさせた。

「あれ、もう着いちゃったの」

眠い目を擦りながら、彼女はそう言った。

どうやら、僕が触ったことに気づいてないようなので安心した。

「次が降りる駅だよ」

「そうなんだ。起こしてくれてありがとう」

彼女はその場で伸びをしてから、大きな欠伸をした。

電車を降りホームに着くと、そこには僕たち以外、誰もいなかった。

閑散としたホームに二人きりというのは実に奇妙な感じがした。

普段ならいるはずの人がいなかったり、落ちかけた陽が虚しさを演出していたからかはわからなかったが、なぜか僕は不安を覚えていた。

この世界に僕たち二人だけが取り残された気がした。

僕は彼女が何食わぬ顔で出口に向けて歩いていくのを寄りかかる気持ちで歩いた。

僕はその時、初めて他人という存在を感じた。いつもの僕が歩いてこられるのは他の人が歩いたところを追っていただけで、僕だけでは歩くことすらままならない。

歩くことでさえ、他人の力が必要であるのだと僕は思った。

なぜ、そうなのか。僕は考えたが答えは単純なものだった。

この暗さが原因だ。

僕は暗いところがかなり苦手だ。そして嫌いだ。片足でも突っ込んだら、そのまま引き摺られて帰ってこられない気がするからだ。

だから、こんな時間に出歩かないようにしていた。

改札を抜けて、外に出ると暗さはより明確になった。

彼女から家の方向を聞かれ、素直に方角を答えると、彼女の家とは真逆の方であった。

僕たちはここで別れることになるわけだが、少しだけ、寂しい気がした。

これもきっとこの夜の暗さのせいだと思い、心がざわついた。

僕は彼女に軽く別れを告げ、背を向けて歩き始めた。

なるべく、街灯の灯りがあるところを歩いて帰ろうかと考えていると、不意に後ろから声が飛んできた。

「バイバイ！」

振り返ると、大きく手を振って見送ってくれている彼女がいた。

僕は人目を気にしながら、小さく手を振った。

誰かに見送ってもらえるというのは少しだけ心が穏やかな気持ちになるのだと思った。

「また明日ね！」

彼女が飛ばした言葉に心のざわつきがさらに大きくなったのが分かった。

僕は驚いて、次には足が彼女の方へと向いていた。

「おかえり」

「今、何て言ったの？」

彼女のボケを無視して、僕は言った。

「おかえりって」

「その前！」

「また明日って」

「また明日ってどういう意味？」

「だから、また明日もお出かけしようねって意味」

いつもの僕は絶対に焦ったりしないが、この時だけは焦った。きっとそれを隠すこともしていなかっただろう。

「なんで？」

「なんかいつもとキャラ違うね」

「ほっとけ」

僕が焦るのがそんなに面白いのか、彼女は笑っていたが、そんなことはどうでもよかった。

「だって今日は二人で歩いただけになっちゃったし、結局お返しできなかったし、それにこのまま休みに入ったら、君ずっと家に引きこもってそうだし」

「それが君にどう影響するのかな」

「何も。ただ、私が心配になるだけ」

「余計なお世話だよ」

僕がそう言っても、彼女は怯まず言い返した。

「それでもいいの。クラスメイトなんだし」

「意味がよくわからないけど」

「私のことが鬱陶しかったら、私のことを心配させないこと。心配しなくなったら、もう付きまとわないよ」

言い返すことができなかった。言い方はあんなでも、僕を心配してくれていること、僕が迷惑をかけていることなのは明白だった。

かといって、このまま彼女を調子に乗らせておくと、僕の威厳に関わるので少しだけ言い返すことにした。

「漢字もろくに読めなくて、聞いてきた君に言われたくないよ」

僕は少々の嫌味を添えながら、彼女が嫌な気分にならない程度にそう言った。

これが僕なりの表現だった。

「あ、それは言いっこなしだよ」

彼女は少し拗ねた表情を見せてから、僕の顔を覗き込んで、また笑顔になった。

この時、僕はどんな顔をしていたのだろう。

「じゃあ、また明日ね。集合場所はこの駅で」

そう言うと、彼女は大股で歩いて去って行った。

今度は僕が彼女を見送る番だった。

彼女の背中が見えなくなると、僕は明日のことを考えながら、歩いて帰った。

淡い夕焼け色を残していたさっきまでの空はもう全て暗色に成り果てていたが、弱く小さく光る星と優しい光を放つ月を見つけた。

月と星は僕がこれから通る道を照らし、僕を見守っているようだった。

不思議と暗いのが怖くなくなっていた。


今日も僕は彼女と出かけるために待ち合わせした駅の前にいた。

しかし、今日も家を出るまでに後悔があった。理由はなんてことはない。彼女のせいだ。

昨日、集合場所だけ決めて帰っておいて、時間を指定していなかったことに帰りに気づいた。なので一応、昨日と同じ時間に出向いてきたものの、十分待っても彼女は現れなかった。

もう少し、待ってみて彼女が来なかったら縁がなかったということで帰ろうと考えていた。

二十分待って、やっと彼女は現れた。

昨日と同じく、息を切らしながら走ってきた。

「ごめん。待った？」

「逆に待ってないと思う？」

「あれ？　今日は時間通りだったの？」

よくそんな返しができるなと、怒りを通り越して呆れてしまった。

きっと彼女は思ったことが自然と口から出てきてしまう子なのだろう。

単純なだけに、付き合いやすくて僕は助かるけれど、彼女の周りの友達は大変だなと思った。

「別に昨日も遅刻してきたわけじゃないよ。昨日は気を遣ってあげただけ。でも、もう遣わないって決めたの」

「えーそうだったの。ほんとごめん」

二度も同じ過ちを繰り返した相手の謝罪は何も信用できなかった。

そんな他愛もないやりとりを済ませて、僕たちは移動を始めた。

今日の予定を聞こうとしても、はぐらかされたので、僕は黙って彼女の後をついて行った。

着いた先はカラオケ店だった。よく同級生たちが話しているのを聞くに、行けば楽しいところのようである。例に漏れず、彼女も同じ考えを持っているようだが、僕は違った。僕の記憶によれば、友達同士で順番に歌える曲を歌って盛り上がるような場所であるという。

彼女に聞くと、僕の想像は当たっていた。

なら、ここが楽しい場所ではないことがすぐに分かった。歌える歌などないし、ましてや、それを人の前で歌うなど拷問だ。

僕は帰宅を提案したが、彼女によると、歌わずとも、ここでご飯を食べたり、会話をしたりすればいいと聞かされ強引に引っ張られていった。

初めて入ったボックスと呼ばれる部屋は狭く、密閉感があり、居心地の良い場所ではなかった。

狭いところも嫌いな僕は改めて、自分の苦手なものの多さを実感した。

ここへ来て小一時間、僕は彼女が歌うのを聞いていた。彼女の歌は一般的には上手い方の部類であるのだと思いながら、聞いたことのない歌詞の意味などを考えていた。

途中、彼女が頼んだ飲み物や食べ物が運ばれてきてそれを二人で食べた。またジャンクフードかと思ったが、作ってくれた人のことを思い浮かべて何とか食べた。

食べながら彼女は「高校生っぽいでしょ」と聞いてきた。僕はそれに生返事した。歌うことに飽きたのか今度は喋り始めた彼女の話を聞くことになった。彼女は本当によく喋った。そういえば、授業中に毎回喋って怒られている女生徒がいるなと思っていたが、それはこの子だったのかと思った。

話したかったことがなくなったのか、彼女が黙ったタイミングで時計を見ると、一時間くらい経っていた。よくここまで話し続けられた彼女とそれを聞き続けた僕に賛辞を心の中で送った。

しばらくして僕たちはカラオケボックスから出た。ただ座っていただけなのにこの疲労感は何なのだろう。僕は外の空気を吸いながら解放感に酔いしれた。きっと釈放される囚人もこんな気持ちなのだろうかと考えた。

彼女も大きく伸びをしていた。同じ格好をしていたことを今さら恥ずかしく思った。

「さーて、次はどこ行こうかな」

解放されたと思ったのは思い違いなようだった。確認のため帰らないのか聞くと、「まだお昼だよ」と驚かれてしまった。ここまではっきり言い切られると誤解した僕が悪かった気すらした。

僕たちはまた電車に乗って移動した。こんなに電車に乗ったのは小学校の遠足以来な気がした。その時もすっぽかしてやろうかと思ったが、周りの目を気にして結局行った。今回はそんなものないはずなのに、なんでなのだろう。真っ先に思いついたのは自分のためだ。でもそしたら、こんな疲れることはしないはずである。では彼女のために気に入られたいのか。これも違う気がする。

考えれば考えるほど、答えから遠のいていく気がした。いつもならすぐに明確な解答が湧き上がってくるのに、今日の疑問は一筋縄ではいかない。だがその原因が何なのかの見当はすでについていた。

彼女である。僕の生活に彼女が入ってきたことで何かが狂い始めている。そんな予感がした。

僕は隣で寝ている彼女を見た。当たり前のように寝ている彼女の顔は安らいでいた。

僕らは真逆そのものだった。

僕の顔を見せてあげられないのが残念なほどだ。

全く正反対な僕らがこのまま交わり続けたら、彼女が僕に近づいてきたら、どんなことが起きるのか。

その時、僕が感じた不安が杞憂で終わってくれることを願ったが、まもなくそれは現実になった。

四

彼女と出かけるのはこれで何度目か。そんなことを考えながら、今日も家を出た。人間とは不思議なもので段々と順応していき、今ではこれが当たり前のように錯覚してきている。要するに彼女と会うことに警戒心がなくなってきていた。今日も彼女の後をついていき、色々なところへ連れて行かされるのだろうと。

この頃になると、僕の中で今までとは違う考えが生まれていた。今までは外出は疲れるだけだと思っていたが、意外に外に出るのは悪くないのではと。家にいた時は本の世界の景色を想像してはそこを歩いてみたりしていた。だから、僕は引きこもっていながらも世界中の都市の風景が頭の中に入っている。僕の想像で作り上げた世界の方が実世界より格段に美しいと本気で思っていた。

でも今は少し違う。本物の世界にあって、僕の空想の世界にないものがたくさんあることが分かった。空想の世界で日の光は再現できても、温かさや匂いまでは無理だ。有名な都市や遺産を想像できても、そこに流れている空気や足に伝わってくる感触までは無理だ。

僕は同じ年代の人よりかは知っていることが多いと思っていたが、彼女と会って、それが間違った認識であると分かった。正直に言うと、彼女みたいな人たちを馬鹿にしていた。毎日、遊ぶだけ遊んでそれ以外のことはしようとしない。嫌なことは後に残しておいて、楽しいことだけ優先してやる。そんなやり方が許されるのであろうかと僕は考えてしまう。いや、いけないと思っていた。

自分優先の自分本意の生き方は他人に迷惑をかけると。だから、僕は自分の世界に閉じこもっている。でもそう生きている彼女やクラスメイトたちは誰からも糾弾されることなく、生きている。

そう生きることを許されている。もしかしたら、これが彼女の言った高校生っぽいことなのではないだろうか。そして、それは僕にも許されていることなのではないか。

僕はそれを確かめたくて、今日も彼女に会いにいく。

でも、僕は忘れていた。許してもらうには許してくれる存在が必要であることを。

今日は彼女と出かけて初めて雨が降った。それまで快晴であったはずの空に分厚い雲が覆い、小さな水滴を無数に落とした。

僕たちはというと、昨日、僕が遠出したくないと言ったので、わざわざ彼女が僕の方まで来てくれて、近所を二人で歩いていた。途中で本屋に寄ったり、お茶をしたりしながら、公園で日向ぼっこしたりした。ずっと彼女は僕のことをおじいちゃんと言うので、こんな休日の過ごし方もあるのだと彼女に説いた。

そんなことをしている内に雨が降ってきた。どこかで雨宿りをと考えたが、今日は彼女について行くことはできなかったので、僕が探す羽目になった。とはいえ、近くに雨宿りできるとこはなく、駅まではだいぶ遠かった。

わざわざ来てくれた彼女をこのままずぶ濡れにするわけにもいかないので、僕はある場所を一つ提案した。

「もしよかったら、うちで雨宿りする？」

今でも何であんなこと言ったのだろうかと不思議でしょうがない。理由をつけるとしたら、雨が僕の頭を打ちつけてくるたびに正常な思考の邪魔をしたのが本当のところだろう。

彼女は渋々といった様子で僕の提案に賛同した。

僕たちは走って公園を飛び出して、僕の家まで向かった。雨は徐々に強さを増していき、この時期の雨は身体の芯を凍えさせるには十分だった。僕は身体を震わせながら、彼女がちゃんとついて来られているか度々確認した。彼女もガクガク震えながら走っていた。僕は足に力を込め、走る速度を上げた。

ようやく、僕の家が見えてきた時にはもうどうしようもないくらい濡れた後だった。

僕の家はアパートでそこの二階に住んでいる。見てくれはあまり誉められたものではなく、人を招待していいところではないと思っていた。今回は非常時で仕方なかったが、実際、他人がここを訪れるのは初めてだった。

僕は彼女を部屋にあげてから、タオルを渡してあげた。彼女は緊張しているのか、借りてきた猫みたいに大人しかった。彼女は髪や身体を拭きながら、他人の部屋が珍しいのかキョロキョロとあたりを見回していた。

雨はまだ止みそうになかったので、少し弱まるまで居てもいいかと彼女が言ってきた。本当なら、傘を貸してすぐに帰ってもらおうかと考えていたのだが、こっちに負い目がある分、断れなかった。

僕は仕方なく、彼女を部屋の奥まであげた。

部屋に通した限りにはもてなさなければならなかったが、お客がくることなど想定していないこの部屋ではお茶を一杯出すのが精一杯だった。

僕が台所で準備していると、彼女はもう慣れたのか他人の部屋でくつろいでいた。さっきまでの遠慮はどこへ行ってしまったのかと呆れながら、お茶を出した。

「ありがとう」

彼女は出されたお茶をそのまま飲んだ。

「熱っち」

不注意にも程がある。

「舌火傷した」

「そんなんじゃ、火傷しないよ」

彼女はどこにいても騒がしいと思いながら、僕は腰を下ろした。彼女と向かい合わせになって座るのは変な感じがした。いつも隣に座られることが多いからか、こうやってお互い顔が見える位置に座るというのは緊張する。

「今日は雨で残念だったね」

「そうだね」

「まぁ、君の部屋が見れてよかったけど」

それはどういう意味なのか僕は聞けなかった。

「僕は不本意だけどね」

「友達呼んだりしないの？」

「前にも言ったけど、友達と呼べるような人はいない」

「過去にはいるでしょ？」

「過去にもいない」

「本当に？」

「本当」

彼女はふーんと言いながら、お茶を口に運んだ。

僕は自分の部屋だというのに全然落ち着かなかった。本当に今更ながら、彼女を家にあげたことを後悔した。

「それ飲み終わったら帰りな」

「えーもうちょっと居させてよ」

いつもなら、もう少し会話が続くのだが、今日は全く、話せなかった。話そうとしても喉仏を誰かに握り潰されているような感じがし、言葉が喉に詰まって口まで出て来なかった。僕はそれほどまでに緊張していた。

しばらく黙っていると、彼女も何も話さなくなった。小さな部屋で雨音だけが部屋を飛び交っていた。今日の雨はやけに耳について離れなかった。たぶん、僕は今日の雨を一生忘れられないと思った。

「君はお茶飲まないの？」

何で今になってこんなこと聞くんだろうと思ったが、おそらくじっとしていられない彼女の性分がそうさせるのだろう。

僕は雨の音に聞き入って注意が散漫になっていたせいで、反射的にいつもの皮肉で答えてしまった。

「君がそのコップを使ってるからだよ」

彼女は小さく「えっ」と応えた。

やってしまったと思った。僕は次に彼女が口にする言葉を想像し、恐怖した。

「さっきから思ってたんだけど、ユウキ君ってひとり暮らしなの？」

何て答えるべきか迷った。ただ、なるべく普通のことであるというふうに装うことだけ考えた。

「そうだけど」

「何で？」

彼女はいつも当然であるかのように疑問に思ったことを口にする。口にすれば必ず、答えが返ってくると思っている。他人の気持ちも考えないで。

「何で理由が知りたいの？」

「何となく」

何となくでこんな質問をしてきた彼女を理解することは今の僕にはできなかった。

「教えない」

僕は突き放すように言った。案の定、彼女は食い下がってきた。

「この高校を選んだから、ひとり暮らしとか？」

僕の答えは沈黙だった。

「ご両親は転勤してて、ユウキ君だけここに残ってるとか？」

僕はまた沈黙で応えた。

その後も色々と何か言っていたような気がしたが、耳が彼女の声を拒絶したのか、それ以降、声が聞こえなくなった。

気づくと、彼女も静かになっていた。今日初めて、まともに見た彼女の顔は怒っていた。たまに僕があしらうとこんな顔をすることはあったが、いつものそれとはわけが違った。本気で怒っているようだった。

次の彼女のひと言に僕は僕でなくなった。

「もう、そんなんだから、いつもひとりぼっちなんだよ」

彼女の言葉は僕をよく捉えていた。僕自身、常に感じていたことではあるが、それを人に言われるのは心外だった。だからか、それが引き金だった。

何かが下から込み上がってきて、頭を熱くしているのに、心臓のあたりがやけに冷えている感じがした。身体の一部でそこだけなくなったのではと思った。

僕は握った拳を机に強く下ろした。

それまでうるさかった彼女の声は消え去り、一瞬で世界が凍りついた。

僕が独りなのは断じて、僕のせいではない。僕に責任はない。それすら分かっていない他人にどうこう言われる筋合いなど微塵もなかった。

僕は少しだけ、彼女のことを認め始めていた。きっと彼女はみんなに優しい人で、だから、こんな僕でも気に掛けてくれているのだと。彼女と過ごすのも悪くないと思い始めていた。

だけど、ただ優しいだけではだめなのだ。

優しいだけが人の全てではないと僕は知っている。

僕は冷たい感情を込めて言った。

「お願いだから帰ってくれ」

彼女は何も言わずに、出て行った。

僕はそっぽを向いて、彼女の顔を見ないようにした。

扉の閉まる音がしてしばらくすると、手が痛いことに気がついた。どれだけ強く叩いたのか見当がつかなかった。あんなに力を出したのは初めてだと思った。

また、それが僕が彼女に向けた初めての感情でもあった。

これまではなるべく、感情を出さずに接してきた。いや、本当は彼女から向けられた感情に、どう返せばいいのか分からなかった。

僕はそれまで彼女と過ごした時間を振り返り、彼女の本心を探った。

探ってみたが分からなかった。どれだけ考えても優しかったというだけで、それ以上の考えに至らなかった。どれだけ考えても何で僕に優しくしてくれたのか理解できなかった。

きっと原因は僕にあるのだろう。人に優しくされた経験が極端に少ないこと、優しくされてもそれを拒否し続けたこと。こんな経験が災いしているのだと思う。

さっき彼女に言われて否定したことが頭に響いた。彼女は正しかった。これは僕自身の問題で他人のせいにはできないということを。

脳裏に彼女の声が雨のように降り注いできて、反響していた。そこから、ぽつりとある言葉が頭に降ってきた。僕はそのまま降ってきた言葉を口にした。

「欲しいものか」

僕はもう一度、そのことについて考えた。今までは見当のつけようがなかったものに僕は一つの答えを出してみた。

絶対、手に入ることはないだろうと、遠い昔に諦めたものだった。

答えを見つけてから僕は行動に移した。それが手に入るのか分からなかったが、まだ追いつけそうな気がした。

外はまだ雨が強かったので、傘を一本持って追いかけることにした。

僕が追いかけようとしたその人はすぐ近くにいた。雨のせいでどこにも行けないからか、階段の一番下で座り込んでいた。いつもは大きく感じるその背中はその娘の体躯以上に小さく見えた。

彼女は時折、身体をひくつかせていた。泣いているのだと思った。彼女のような人でも泣くのだなと思った。僕は彼女が向けてくれていた感情とは真逆の感情で接してしまったことの負い目を今さらながら感じていた。

こんな時、どうすればいいのか。悩み抜いた結果、彼女の真似をすればいいのだと思いついた。

簡単だ。さっき彼女にぶつけてしまった感情とは逆の感情で、いつも彼女が僕に見せてくれる顔を思い浮かべるだけでいい。

きっと優しい彼女なら、本当の自分を受け止めてくれるはずだ。

僕は彼女の隣まで行き、横に並ぶようにして座った。やっぱりこっちの方がしっくりきた。

僕は胸いっぱいの勇気を振り絞って、彼女に語りかけた。

「僕に両親はいないんだ。まだ僕が小さい時に二人は離婚したって聞かされた。原因は父親の勤めていた会社が倒産して生活が苦しくなったから。最初は二人で何とか僕を育ててくれたらしいけど、次第に父はおかしくなっていった。お酒を毎日飲むようになって働きにも行かなくなって家族に暴力を振るうようになった。母親は毎日受ける暴力に耐えかねて、僕をおいて出て行った。それから父とのふたり暮らしが始まった。その時の記憶はあまりないけど、痛かったこととお腹が空いたことだけは覚えてる。父はいつも出かける時に僕を押入れに閉じ込めるんだ。だから今でも狭いところと暗いところが恐くてたまらない。毎日、抵抗もせずに殴られ続けるんだけど、終わると優しくなるんだ。その時にこの人から離れたら僕は死ぬんだって心から思ってた。だから、逃げるって考えが頭をよぎらなかった。ある時、父は僕を押入れに入れずに外出したんだ。その時は身体に力が入らなくて、起き上がることすらできなかった。本当に死ぬと思った。そしたら、身体が勝手に動いて僕は外に出てた。生まれて初めて外の景色をみた時だった。僕は感動して生きたいと思った。這いつくばって道まで出た時に通行人のお姉さんに発見されて保護された。そのあと、父がどうなったのか分からない。僕は施設で暮らすようになったからそういうことは教えてもらえなかった。施設での暮らしは悪くはなかったけど、周りの大人たちはみんな僕のことを可哀想な子として扱った。僕はそれがすごく嫌だった。事あるごとに自分が普通じゃないんだって思わされたから。僕は早く普通になりたかった。中学を卒業して、施設を出なくちゃならなくなってこの街にきた。何か変わるかと思ったけど、何も変わらなかった。高校でも僕は独りぼっちだった。きっとずっとこのままなんだろうなって思った。そんな時に君と出会った。そして、今、君とこうしてる」

僕はそこまで言って少し黙った。次に何を言うべきか頭の中で考えた。

彼女はいつしか、顔をあげて僕の方を見つめていた。僕はそれが分かっていて、恥ずかしくて彼女の方を見られなかった。

「ごめんね。こんな話聞かせて。楽しい話じゃないけど、何か君には話しておいた方がいい気がしたんだ。だって君は初めてできた友達だから」

言い終わった時に、不思議と胸が軽くなる思いがした。こんな話、今まで自分からしたことなど一度もなかったが、きっと彼女に伝えた方が良いと思った。

たぶん、これで僕を見る彼女の目は変わってしまうだろう。彼女との関係は大きく変わってしまうだろう。

それでも、後悔はなかった。絶対にしないと強い確信があった。

僕は意を決して、彼女の方に振り向いた。今まではまともに目を合わせられなかったが、自然と目がそこへいった。

僕は彼女の真似をするように、にこっと笑ってみせた。彼女のものとはほど遠いと笑顔を作っていて思った。でも、これが今の僕にできる精一杯だった。

僕の行動に彼女はというと、泣いていた。さっきとは比べものにならないくらい大きく泣いた。

僕は驚いた。彼女が泣いてくれたことに。

あまりに大きく泣いている彼女に僕はどうしていいか分からなかった。でも、何もしなくていいのだと思った。ただ、こうして隣に居さえすればいいのだと思った。

彼女が泣くのに合わせるかのように、空も僕のために泣いてくれていた。

僕はふたつの雨音を聞きながら、ただじっとしていた。

初めての経験だった。身体はこんなにも冷えきっているのに、胸の内側がこんなにも温かくなっている。

昨日の雨は一晩中、地面を濡らし続けていた。彼女が泣いてくれた後、僕は彼女を駅まで送った。泣き止んだ彼女はひと言も発さず、僕も何も話さなかった。駅に着いて僕は彼女に傘を持たせた。このまま一人にして大丈夫か心配になったが、帰れるかどうか聞くと、彼女はひと言、うんと言った。

僕は彼女が駅の改札口から見えなくなるまで見送った。

まだ少し心配だったが、これ以上濡れると風邪を引くと思い、帰路についた。彼女に傘を渡してしまったので、家に着いた頃にはずぶ濡れだった。

そのせいか、今日は起きてから具合がよくなかった。途中で傘を買えばよかったと思ったが、彼女を泣かせてしまった罰にはちょうどいいかなと思った。

今日はテスト休み最終日。明日は学校に行かなくてはならないので、今日中に治すことに専念した。幸い、僕を外に連れ出そうとする相手との約束はなかった。

起きているのが辛くなってきたので、再度布団の中に入った。僕は頭まで布団をかけて、寝ることだけに集中した。

次に目が覚めた時はお昼過ぎだった。あまりにも空腹を感じて起きてしまったが、起き上がろうにも身体に力が入らなかった。

朝よりも体調が悪化していた。頭が割れそうに痛かった。

僕は何とか起き上がって水道で水を飲んだあと、また寝込んだ。さっさと眠って、この現実から意識を飛ばしてしまいたかったが、頭の痛みが邪魔をした。

身体に意識をやると、足先が冷え切っていることに気づいた。寒くて足を抱えていると昔の嫌な記憶が蘇ってきた。狭い空間に身体を縮こませながら、窮屈に何時間も耐えていた昔の自分がフラッシュバックした。起き上がろうとしたが、身体がだるく動かなかったため、その恐怖に耐えるしかなかった。

ハッと目が覚めると日は大きく傾いていた。いつの間にか寝てしまっていたようだが、気分は最悪だった。昔の体験を夢の中で味わっていたせいか、汗を大量にかいていた。服の濡れた部分が身体に張り付いて嫌な感じがした。

起きても嫌な記憶が頭の中で再現され続けていた。いくら忘れようとしても、考えないようにしても、それから逃げることはできなかった。妙に頭だけが回転していて、思考が次々と止めどなく溢れてくる。

僕は久々に恐怖を感じた。こんなにもひとりでいることが心細く感じたことはなかった。僕は誰にも届くことはないと分かっていながら、心の中で助けを呼んだ。誰でもいいからそばにきてほしかった。

すると、不意にドアがコンコンとノックされた。今までこの部屋を訪ねて来る者などいなかった。ここに僕が住んでいることを知っているのは一人しかいない。

僕は重い身体を起こして、ドアまで行き扉を開けた。

立っていたのは案の定、彼女であった。

意識が朦朧としていたので、よく覚えていないが傘を一本持っていた。

「こ、こんにちは」

彼女は詰まりながらそう言った。緊張しているのかぷるぷると震えていた。

突然の来訪者に驚いたものの、人に会えて安心したのか、そこで意識を失った。

気が付くとそこには天井が見えた。顔だけ起こして、辺りを見回しても誰もいなかった。

全て夢だったのかとも思ったが、頭の痛みでそれはないことが分かった。

じゃあ、彼女が夢に出てきたのか。そんなことを考えていると頭に響く甲高い音がした。

誰かが外の階段を勢いよく上ってきたようだが、その音で余計に頭が痛くなった。

僕はこの足音に聞き覚えがあった。

次の瞬間、扉が勢いよく開いて見知った顔の女の子が飛び込んできた。

あんな開け方をされて、さぞ扉も痛い思いをしただろうと思った。

「大丈夫?!」

次には大声を浴びせられた。人間ここまでくると、現状を理解することに精一杯になって、体調のことなどすっかり忘れてしまった。

「えーと、どこ行ってたの？」

「体調悪そうだったから、色々買ってきたの！」

どうやら、意識を失ってから、僕の体調が優れないと理解した彼女は必要なものを買い出してきてくれたようだった。

「ありがとう。ありがとうなんだけど……」

何か素直に喜べない気持ちがあった。が、それは今言うべきではないと思った。

「風邪っぽかったから、薬買ってきたよ。早く飲んで横になって」

僕は彼女に促されるまま薬を飲んだ。少し強引だったが、薬のせいか安心したせいか今度はぐっすり眠ってしまった。

彼女に言いたいことがあったが、まずは病人の扱いとドアは優しく開けるということを教えてあげようと思った。

今日で何度目の覚醒になるか分からなかったが、起きてすぐに気分が良いことが分かった。時計を見ると、もう午後七時を過ぎていた。身体が起こせるようになると、布団の端で寝顔を浮かべている彼女がいた。

いくら何でもまずいと思い、僕は彼女を起こした。

「体調平気？」

「うん。何とか」

「よかった。いきなり目の前で倒れた時はどうなるかと思ったよ」

「ごめん。色々迷惑かけたよね」

「そんな謝らないで。多分、私にも原因あるし」

「そんなことないよ」

「あるよ。最近、ずっと連れ回して、疲れちゃってたんだよ。昨日は雨だったのに私が君の傘取っちゃって」

今日の彼女はいつもと違って弱々しかった。彼女もこんな表情を見せるのだと思い、僕が知らなかった彼女の一面を見た気がした。

「私、あんまり空気読むのとか、察するみたいな能力皆無で、動き出すとついつい周りのこととか、人のこと置き去りにしちゃうところがあって、自分でも自制できなくて、だからごめん」

僕は驚いた。僕と彼女とでは正に見えている世界や感じ方が正反対であるのだと思った。そして彼女は誤解していると思った。僕は彼女の認識を改めさせようと思った。

「確かにこれまで何回君とはぐれて、置いてけぼりを食らったか分からないし、待ち合わせしても君は一回だって間に合ったことがなかったよね」

そう言うと彼女は目をうるうるさせた。心の中で「ごめん」と思いながら、でも素直になるためには、こうでもして恥ずかしさのバランスを取らないと僕がもたないんだよ。

「でもね。君が思ってるほど、君のその性格は悪いものでもないよ。君がそうしたいと突っ走ってくれたおかげで僕はこの一週間、色々な経験をすることができたし、何より楽しかった。僕は何かを始めようとしても、先々のことを考えてやらないことが多いから、君みたいにどんなことでも行動に移せるのってすごいことだと僕は思う」

人のことを褒めなれていない僕は言い終わってから少し恥ずかしかった。

それでも、彼女に僕の気持ちは伝わったようで、明るい表情を取り戻していた。

「私こんなこと言われたの初めて。いつも注意されてばっかで、自分でも気をつけなきゃって思ってたから」

「そうなんだ。でも、短所は長所とも言うからね」

「うふふ、嬉しい」

両手で顔を押さえながら、喜んでいる彼女を見て、たまには人のことを褒めてみるもんだなと思った。

「あ、そうだ。お腹空いてない？　何か作ってあげる」

言い終わる前に立ち上がった彼女は作る気満々という感じだった。流石にそこまでさせるのは悪いと思ったが、褒めただけで晩ごはんが出てくるのは僕にとっても魅力的だったので、少しの悪知恵とあまりの空腹感で彼女に任せてしまった。

だからか、バチが当たったのかもしれない。

彼女が運んできたものは料理というには程遠い見た目をしていた。

「何作ったの？」

「お粥のつもりだったんだけど、失敗しちゃって」

お粥の見た目をしたそれは所々焦げていてお世辞にも誉める気にはならなかった。

「ごめん。食べなくていいよ」

僕は邪な考えをした自分が悪いと腹を括り食べることにした。悪いのは見た目だけかと思ったが、味もちゃんと不味かった。

食べ終えると、せめてものお詫びに洗い物だけはさせてくれと言われた。何でそこまでと思って理由を聞くと、無言で台所を指さしたので、そちらを見るとまぁまぁな惨状だった。

明日、僕がやるからと何とか説得して納得してもらった。

彼女は落ち込んでいるのか、塞ぎ込んでしまったので、話題を変えようと思い、気になっていたことを聞くことにした。

「そういえば、何しにきたの？」

彼女は忘れていたという感じで「あっ」と叫んだ。彼女はモジモジしながら、歯切れが悪い感じで話し始めた。

「今日は昨日借りた傘を返そうと思って」

「何だ。そんなことか。明日、学校で会うんだからその時でよかったのに」

「そう言えばそうだね」

「でも、まぁ君が来てくれて助かったけど」

僕はいつもの彼女の調子に戻るかなと思って言ってみた。効果はなかった。

今日の彼女はいつもと違って元気がなかった。あんな話を聞かされた後では仕方ないかと思い、僕まで居心地が悪くなってきた。

しばらく、二人の間に沈黙が流れた。

二人でいてこんなに静かだったことはなかったなと思っていると、先に彼女が沈黙を破った。

「何で昨日、あんな話してくれたの？」

僕は答えに詰まった。やっぱりその話になるよなと思い、自分の中の答えを探った。正直に言って、自分の気持ちがこんなにも整理がつかないのは初めてだった。

話したくても、具体的な言葉として口から出て行かないので困った。僕は考えることを諦めて、何も考えずに口にできる言葉を探した。

「何となく、君になら話してもいいかなって思ったから」

「それってどういう意味」

「それはつまり……」

口まで上ってきた言葉を一度、飲み込んだ。

「君のことを信頼してるから」

その言葉が出てからはもう何を言えばいいのかすぐに分かった。

「昨日、君が泣いてくれた時、それを確信した。すごく嬉しかったんだ。今まで接してきてくれた人は僕のことを癒やそうと助けてくれようとしてくれただけで、泣いてくれる人はいなかった。僕は泣けないから代わりに君が泣いてくれたんだって思った。初めて救われた気持ちがした。僕はずっとそうして欲しかったんだって分かった」

胸が熱くなった。気持ちが昂って話すのがやめられなかった。

こんな感覚も彼女から教えてもらったことの一つだった。

「だから、もう大丈夫。僕にも僕のために泣いてくれる人がいるんだって分かったから。君はもう自分の生活に戻るといい。こんな僕と過ごすんじゃなくて、もっと君のことを思ってくれる人と過ごして、そしてたまに僕のことを思い出してくれると嬉しいな。僕もこれからは君に心配かけないようにするから」

僕と居たらきっとまた彼女を泣かせることになる。それがもう嫌だった。人と関わることの大切さも知ったけど、同時に辛さも分かった。僕には重すぎて耐えられないと思った。自分の胸の内がどんなものだったのか。言葉にしてみてようやく分かった。たぶん、僕は……。

「私ね」

彼女はまっすぐ僕の方を見た。今度は彼女の番だった。

「昨日、君に酷いことしちゃったなって思ったの。君を怒らせちゃうぐらいのことをやらかして、それが悲しくて一人で泣いてたら君があの話をしてくれて。もう何が何だか分からなかった。ただただ悲しくて、あの後、どう帰ったのかも覚えてなくて。ずっと一人で泣いてたの。家族からも心配されて、あんなに泣いたの生まれて初めてだった。こんな思いもう二度としたくないって思った」

僕は申し訳なくなった。謝りたい気持ちと罪悪感で消えてしまいたくなった。

「でもね」

そんな気持ちも、次の彼女の言葉でどこかへ行ってしまった。

「朝起きて、玄関を見たら君の傘があって、そしたら、無性に会いたくなってきて。我慢できなくて来ちゃったの。だから、お別れみたいなこと言わないで」

彼女のまっすぐな思いが眩しかった。本当に彼女が輝いて見えた。

彼女の方から僕と一緒にいたいと言ってくれた。僕の答えはもう決まっていた。

「これからもよろしくね」

僕は彼女の言葉に顔を下に向けて小さく頷いた。この時だけは彼女の顔が見られなかった。

「送ってくれてありがとう」

彼女が家に来てから、もうだいぶ時間が経っていたので、駅まで送ることにした。

何度も二人で歩いているが、夜中に二人で出歩くというのは初めてのことだった。外は寒く、身体が凍りつきそうだった。

雲が空を覆っていたせいで街灯の明かりしか僕らを照らすものはなかった。普段、夜道を歩くことはなかったので、街灯と彼女だけが僕の頼りだった。

あたりが真っ暗な中で、彼女が一番明るかった。

もうすっかり元気を取り戻して、いつもの彼女に戻ってくれて、一安心した。

それにしても、彼女のテンションはおかしかった。彼女が意味の分からないことを言ってくるので困惑した。

「今日は月が綺麗だね」

　さっきから何度か、この言葉を繰り返している。言う度に何が嬉しいのか彼女は高揚しまくっていた。

「どこにもお月様はないよ。星すらでてない」

　僕がそう言っても、彼女は言うのをやめなかった。もしかしたら、彼女には見えているのかもしれないと思って、それ以上言わないようにした。

　だって彼女は変だから。

　すると、今度は僕に向かって聞いてきた。

「君も月が綺麗だと思うでしょ？」

　僕は空にある二つの天体の中で、どちらが好きか聞かれていると思ってこう答えた。

「僕はどちらかと言うとお日さまの方が好きかな。たまに早起きして朝日見たりするし」

　そう言うと、彼女はとても不機嫌な顔をした。

　何かいけないことでも言ってしまったのかと思った。

「そこはお月様でしょ」

　強い物腰でそう言われて呆気に取られてしまった。

「まぁ、嫌いじゃないけど」

「もう、君とは価値観が合わないなぁ」

あまりにガッカリされてしまったので、こっちまで気分が下がってしまった。

そんなに悪いこと言ったのかな。

彼女は進む足を止めて、こちらにくるんと振り向いた。僕たちは向き合って、視線を交差させた。

「だから、月が綺麗なんだよ」

今度は優しく諭すようにそう言われた。

ここへきて、どうやら言葉の意味が本質通りに使われていないことに気づいた。

僕はどんな意味があるんだろうと思い、意味を考えていると、一つだけ思い浮かんだことがあった。

まさかと思った。まさか彼女がこんなことを知っているとは思わなかった。

僕はそれに驚いた。驚いた後、これまで彼女が連呼していた言葉の意味を思い浮かべ、顔が熱くなった。

「それちゃんと意味が分かって言ってるんだよね」

「当たり前でしょ」

強く言い切られてしまい、少し後退りした。

「君はいつから文学少女になったんだい」

彼女といると、いつも調子が狂わされてしまい、普段の自分を作るのに苦労する。いつもの自分なら何と返すか考えながら喋るというのは、実に変な気分だ。

「君の真似をしたんだよ。いつも、誤魔化しながら喋ってるでしょ」

また驚いた。彼女は人の心が読めるのかと勘ぐってしまった。

僕の硝子でできたハートは彼女の本心で粉々になった。顔の火照りと彼女の言葉で平常心が保てなくなった。

「意味が通じなかったのは普段の君におしとやかさがないからだろう。これが風情ある女性だったら、僕もすぐに分かったよ」

僕にしてはすごく早口だったと思う。この時の僕はもう恥ずかしさでどうにかなりそうだった。

「何を！」

「何だよ！」

「もういい。二度と言わないから」

踵を返して、今度はそっぽを向いてしまった。

彼女からの視線が外れて少し緊張が取れたのが分かった。さっきまで凍えていた身体は熱くなっており、冷気があたるのがとても気持ちよかった。

「あー、そのごめん。でもそういうのはちゃんと言ってくれなきゃ分かんないよ」

今が冬で本当によかったと思った。冷たい風があたる度に冷静さが戻ってくる。

そっぽを向いている彼女は怒っていることを極端に強調するために頬を膨らませている。

そのほっぺも心なしか赤く染まっているように見えたが、暗がりのせいでよく見えなかった。

またくるんと向きを変えた彼女の顔は怒っているようには見えなかった。今までたくさんの表情を見てきたが、これは何というか嫌な笑顔だった。

彼女はにやっとしながら、距離を詰めてきた。

僕の足は反射的に一歩下がったが、彼女に追いつかれてしまった。

こんなに近くで目と目が合うのはいつもならできないことだが、今だけはそんな考えは湧いてこず、ただただ見つめてしまった。

彼女の大きい目から目が離せなくなった。

数秒間、見つめあって彼女は言った。

「じゃあ、君にはきちんと言ってもらおうかな」

意地悪されたと思った。

さっき彼女は僕の真似をしたと言った。つまり、僕があんな言葉は言えないと思って、ああいう表現を使ったということだろう。

今日だけで何度も彼女に動揺させられているので、今、高をくっている彼女に仕返す好機ではないかと思った。

僕はゆっくり深呼吸して、お腹に力を入れた。

大丈夫。周りには僕たちしかいないから誰かに聞かれることもないし、短い言葉だ。言い切れる自信があった。

僕は彼女に言った。

「月が綺麗だね」

「何それ」

彼女は笑いながら、ポカポカ殴ってきた。痛くはなかったが、心へのダメージは大きかった。

こんな時にもっと勇気が出せる人間になりたいと心から思った。

僕たちは再び、歩みを進めて、駅に向かった。

駅に着くまで彼女にずっと笑われた。あんな不甲斐ない姿を晒したのだから仕方なかったが、それは君も分かっていたことだろうと思った。

駅の改札まできて、僕たちは止まった。

もうお別れの時間が来てしまった。

「じゃあね、ユウキくん。また明日」

僕は彼女に手を振って応えた。

また明日と言ってくれることが嬉しかった。また明日会える。また、こうして彼女と話して、一緒に歩いて、彼女を見送れる。

きっと彼女がそれを許してくれる間、僕はこれを繰り返すだろう。

これから何度も繰り返されるのであれば、僕は一つだけ訂正しておきたいところがあった。

初めて、彼女にそう呼ばれてから、ずっと疑問に思っていたが、勇気がなくてそのままにしていた小さな蟠りを解決したかった。

「そういえば、ずっと言いたかったことがあったんだけど」

「何々、愛の告白」

くすくす笑いながら、彼女は言ってきた。

今になって、何でこんな子を好きになったんだろうかと思った。

「違うよ。名前のことでずっと言いたいことがあったんだけど」

彼女はきょとんとした顔で首を傾げた。

「ユウキじゃなくて、結城だ。ずっと名前みたいに呼ばれて気になってたんだ」

そうだったのと驚く彼女。別にそんなめずらしい苗字でもない気がするが、これで心のつっかえが解消された。

「じゃあ、ずっと間違えて呼んでたんだ。ごめん。でもそういうのは早く言ってよ」

僕もそう思った。彼女に怒られて反省した。

「じゃあ、もうこの際だから名前で呼ぶね」

僕の名前。僕はこの名前が自分とは正反対ではっきり言って嫌いだった。

彼女は大きく息を吸って、呼吸を整えた。初めて名前を呼ぶのに緊張しているのか、それは僕の方にまで伝わってきた。

「太陽君」

結城太陽。これが僕の名前だ。

初めて彼女から呼ばれた名前に気恥ずかしさと嬉しさが心の中で混ざった。

ずっと嫌いだった名前も彼女に呼ばれるのならいいなと思った。

「私たち、ピッタリなカップルかもね」

せっかくいい気持ちでいたのに、彼女が恥ずかしくなるようなことを言うので、すぐに素直でいられなくなってしまった。

「やっぱり、いつもの呼び方に戻してくれるかな。君とお似合いだって分かった瞬間、急に恥ずかしくなった」

「もう、それどういう意味！」

彼女には怒られてしまったが、僕はそんな彼女の反応が心地よくて、笑ってしまった。

彼女を見送って、一人で歩く帰り道はいつもとは違って見えた。

彼女のおかげで今まで感じなかったり、見えなかったものが見えるようになっていた。

僕自身、この変化を感じていたが、今日のそれは違っていた。

ずっと頭の中に彼女の声が響いている。

ずっと彼女の映像が頭に流れている。

胸が苦しかったが、辛くない。呼吸が荒いのに全く疲れを感じなかった。

むしろ、動きたくて仕方がなかった。気づけば足は速度を上げて、早足になっていた。

まるで、心の奥底から気持ちが湧き上がってきて、心の蓋から溢れて全身に伝わっていくようだった。

僕はその日、初めて全力で走った。

この思いを身体で表現しようとしたが、それでも全然足りなかった。

途中、足がもつれて電柱に激突した。

それでも僕はまた走り出した。

家に帰るまでに少しでも気持ちを発散させなければ、今日は眠れそうになかった。

結局、僕は寝付くことができなかった。そこで朝まで何をしていたかというと、彼女のことを思い返しながら、台所の片付けをした。


三学期最後の日。テスト返却と成績表の受け渡しをすませて、学校は終わった。

春休みは三週間ほど、そのほぼ全ての時間を使って僕たちは毎日会った。

時間は存分にあるはずなのに、それでも足りなかった。

何回も二人で遠出をし、時には僕の部屋で一日中喋ったりもした。

彼女と接する中で、僕も次第に口数が増えていき、彼女に明るくなったと褒められた。

僕自身、その変化を如実に感じていた。以前は言葉に詰まることや考えを表すことが億劫だったが、彼女の前ではそれがなくなった。

彼女の声を聞くのと同じくらいに自分の声を聞くことも多くなった。

今では、何であんなに教室がうるさかったのかにも納得がいった。みんな誰かと話して、それを誰かに聞いてもらえていることが嬉しく、楽しいのだ。それを実際、みんなが感じているかは分からないが、僕は彼女を通して教えてもらった。

他人と何かを共有していくことで人は生きているのだと。

そして、僕にも他人と共有できるものがあるのだということを。

僕は彼女と話している時間が一番好きだった。時には彼女を帰さないように話に夢中にさせたこともあった。

多分、この頃くらいからか、僕は一人でいることが退屈に感じるようになっていた。部屋に一人でいることに寂しさを感じていた。

その時に気づいた。本当に一人の時間があるのは周りでも僕だけだろう。

他のみんなは家で自分の部屋にいても、近くに家族の存在を感じられて、無意識にでも一人ではないという事実に安堵しているのだろう。

でも僕は違った。いつか彼女に一人暮らしの僕が羨ましいと言われたことがあったが、逆に僕は誰かと空間を共有した経験がなかった。施設にいた頃も一人部屋であり、家族と暮らした記憶がない僕にとって、寝食をともにする相手がいることは羨ましいことだった。

いつしか、僕は家族で過ごす時間はどういうものであるのか、妄想するのが癖になった。

彼女から話を聞いては、それを頭の中で再現して、自分のことと置き換えてみたりした。

僕もこんなことがあり得たのではないだろうかと考えた。

僕はこの時から、父親が今どうしているのか考えるようになった。

五

「結城君。ちょっと放課後残ってくれる」

昼休みに、担任の先生からそう言われ、僕はホームルームが終わると、先生に連れられて、教室を出た。

途中、彼女から「いたずらでもしたんでしょ」と揶揄われたが、「君じゃないんだから」と一蹴してやった。

先生に連れられてやってきた場所は進路相談室だった。他の生徒が進路のことで先生と中に入っていく姿は何度も見たが、僕がここへ来るのは久しぶりだった。

「最近、天野さんと仲よくしてるのね」

開口一番、放った言葉はそれだった。

「はい。まぁ」

「付き合ってるって噂は本当？」

こんなところで話すことではないと思ったが、一応、事実を答えた。

「まぁ、一応」

「いいわねぇ」

何を羨ましがられたのか分からなかったが、この人と三年、付き合ってみて分かったことはつかみどころがないということだろうか。

先生にしては目線が低いというか、物腰が柔らかいというか、とにかく先生っぽくなかった。

前にも、こうして話したことがあった。入学した当初、この人が担任であることから、僕の事情を話した。その時も、確かこの部屋だった。

「若いうちの恋愛は特別だから、今のうちにたくさんしておきなさい」

何か僕が複数人と付き合っているようにも聞こえなくはなかったが、話が見えてこないので無理やり話題を変えた。

「で、お話とは？」

「あ、そうそう」

まるでさっきまでの話が本題だったかのような受け答えだった。

「うちのクラスであなただけが就職希望と書いてたけど、進学する気はないの？」

大方、予想してた話をされて、僕はきっぱりと答えた。

「ありません」

「どうしても？」

「はい」

「あなたの学力なら、行ける大学は多いと思うけど、それでも行かないの？」

「はい」

先生は考え込む素振りをしてから、続けて言った。

「学年全体で見ても、就職する人は少ないし、今の時代、絶対出ておいた方が得よ。それにどんな仕事に就くつもりなの？」

それを言われてしまい、困った。僕が就職希望としたのは単に大学で学びたいことがなかったからであり、残った選択肢がこれ以外になかったからだ。

「これから見つけます」

「ちょっと無理があるんじゃない」

そう言われて少し、反抗心が湧いたが、すぐにこの人の本心が分かった。

「やりたいことがあるなら、就職も応援するけど、事実、やりたいことを見つけるまでには自分が思っている以上に時間がかかるものよ。一生かけても見つからない人もいるし、焦って決めて、間違った選択をする人もいる。先生はそういうことが無いようによく将来のことを考えられる時間として、大学があると思ってる。だから、もしやりたいことが決まってないなら、大学へ行くことを勧めるわ」

先生の言葉には重みがあった。そして、今の僕が置かれている状況を考えて、不安になった。将来という現実に押しつぶされそうだった。

とうとう、その場では答えを出せなかった。もう一度よく考えるようにと言われ、解放された。

帰り際、漠然と将来について考えた。先生はそれを見つけるために大学へ行けと言ったが、僕の将来がそこに無いことは明確であり、だからいっそ、誰かに決めてほしかった。自分で考えたくはなかった。

「もう、待ちくたびれたよ」

下駄箱に着くと、彼女が待ってくれていた。

「待っててなんて、言ってないけど」

「そういうこと言うと、バチが当たるよ」

三年生になっても、彼女は相変わらずだった。春に咲いた桜はとうに緑へとその色彩を変えてしまい、夏を感じさせる陽気に移ろぎ始めていたが、僕たちの間だけ、時が止まったかのように関係に変化がなかった。

「何話したの？」

「将来のこと」

「何て言われたの？」

「目標を見つけなさいって」

怒られたんだと彼女に馬鹿にされたが、実際、そうだったので言い返さなかった。

「いいね。君には夢があって」

「いいでしょ」

自慢げに胸をそり返した彼女はいつも以上に、勇ましく見えた。

靴を履き、外へ出ると、暑苦しい空気が地面から昇ってきた。

校庭では幾つもの部活動が声を出して練習していた。きっと彼らも今に夢中で先のことなど考えていないのだろうと思った。

僕と同じだ。

「もう、行く大学は決まったの？」

「うん。かなり迷ったけど、もう決めたよ」

「夢が叶うといいね」

「ありがとう」

自分で言っていて、えらく他人行儀だなと思った。

いつか聞いた、彼女の夢。彼女は教師になるのが、昔からの目標だと教えてくれた。そして、彼女はその夢を叶えるためにこの街を出て、東京へ行く。

僕はそれを心の底から応援したいという気持ちが湧き上がってきた。それと同時に、予測される未来が僕の心に不安の種を植え付けた。

おそらく、この話が持ち上がった頃からだったと思う。僕が考えるのをやめるようになったのは。

「これから五月だっていうのに、夏だけ先に来たみたい」

早いねと彼女が同意を求めてきた。

「本当に早いね」

もう少し、ゆっくりと時間が流れてくれれば良いのになと思ったが、彼女の言う通り、夏が急ぎ足でもう来たみたいな午後だった。

僕は卒業するまでに、あと何回この道を彼女と通ることになるのだろうか。

多いとも少ないとも言えない数がぼんやりと頭の中に浮かんできたところで、脳がシャットアウトしたようで考えられなくなった。

気づけば、もう八月。僕がぼんやりと毎日を過ごしている間に蟬が鳴いていた。

学校は夏休みに入っており、校舎には誰もいなかった。

今日は夏休みに予定されていた三者面談のために学校へ来ていた。とはいえ、僕の場合、担任との二者面談である。先生との面談を待っていると、教室から一人の生徒とその母親らしき人が出てきた。教室の中の人物に軽く会釈をし、僕の前から立ち去ると、中から呼ばれる声がした。

教室に入り、向かい合わせで担任の前に座った。

先生は机に置かれた資料と僕の顔を見比べてから言葉を発した。

「この前の模試の結果だけど、真面目に受けなかったのね」

その言葉には厳しさと僕への責めが含まれていた。

「最近、考えようとすると、頭が動かなくなることがあって」

この前の模試でもそうだった。問題に取り組んでも、しばらくして、脳がその動きを停止させてしまう。試験時間中、それの繰り返しでまともに解けなかった。

「散々たる結果よ。天野さんといい勝負ね」

あんな状態の僕といい勝負ということは彼女は一体どんな結果だったのだろう。そっちが気になった。

「もう無理に大学進学を勧めることはしないわ。そのかわり、やりたいことは見つかった？」

「いえ、まだ」

「じゃあ、これからどうするつもり？」

聞かれた質問に対して、程のいい言い訳を考えようとしたが、嘘でも出てこなかった。頭の中で思考がバラけていくのが分かった。

僕はその質問に沈黙で答えた。代わりに先生が答えてくれた。

「決まってないのね」

僕は流されるままに返事をした。しばらく、沈黙が続いた。その間、目の前の女性はしっかりと僕に目線を合わせていたが、僕の方はその視線に耐えられなくなり俯いた。

「何でも良いのよ。あなた自身が決めたことなら」

先生はそう言った。僕が自分で決めるのが苦手だということを知っているはずなのに、その聞き方は残酷そのものだった。

いつも僕の代わりに決めてくれる彼女の姿を探したが、どれだけ探しても見つからなかった。

「僕には自尊心が備わっていないんです。だから自分では決められません」

これが僕の答えだった。

もう誰でもいいから、僕の進むべき道を示してほしかった。縋るような思いで言った言葉もすぐ反発された。

「まだ、自分を肯定することができないのね。近頃のあなたならできていると思ってたけど」

僕はその言葉を聞き流した。正確には耳がそれを聞くことを拒否して、頭に入れなかった。

それでも、先生は続けた。

「あなたの生い立ちを考えたら仕方ないのかもしれない。けれど、あなたは成長して大人にならなくちゃいけない。それはそんなに先のことじゃない。このまま自分で選ぶことをしないと、いつか、後悔するわよ」

語りかけるように優しく言われても、今の僕には先生の言葉が痛く、辛く、悲しかった。分かってはいても、頭が、脳が考えさせてくれないのだ。

この感覚を訴えたかったが、喉に力が入らなかった。

時間だけが過ぎ、気づけば先生との面談は終わっていた。

僕は何も考えられないまま、帰路に就いた。

次の日、彼女が僕の部屋を訪れていた。夏休みは受験勉強のために、ほとんど会えていなかったが、どうしても分からないところがあるということでやって来たそうだ。

以前は現代文しか教えておらず、他の教科はどうかと思ったが、まぁひどかった。

彼女はたくさんの参考書を持参してきた。それの至るところに線が引かれ、付箋が貼ってあった。これだけのことをやっているのに身についていないのは、おそらく、一度しか見返しておらず、何度も繰り返すことをしてはいないのだろうと思った。

僕は彼女から苦手な教科を聞き出し、英語と答えたので、まずはそれから取り組むことにした。単語帳だけで三冊も本も出した時は驚いたが、僕は一冊だけでいいと告げ、単語と文法の基礎からやり直しを行った。

あっという間に時間は過ぎ、気が付くと、西の空に太陽が落ちかけていた。

時間配分を考えなかったせいで、一教科しか見てあげられなかったが、集中している時の彼女は別人のようで、途中で止めさせづらかった。

一回の休憩もなく続けたせいで、どっと疲れが襲ってきた。彼女もそうらしく、机にへたり込んでいた。

「ありがとう。だいぶ分からなかったところが解決したよ」

彼女からの賛辞でヘロヘロになった甲斐が少しはあった。

「じゃあ、次は」

「え、まだやるの」

これ以上は僕が持たなかったので、やる気があるところ申し訳ないが、鞄から取り出した別の教科書はしまってもらった。

彼女はまだ続けたそうだったが、明日も来ていいことを告げると納得してくれた。

僕は彼女の気が変わらない内にお茶とお菓子を出した。彼女がいつ来てもいいように準備しておいたものがこんな形で役に立つとは思わなかった。

「そういえば」

お菓子を一口でたいらげた彼女は今度は世間話を始めた。僕は身体に鞭打って話を聞いた。

「先生との面談どうだった？」

昨日のことを振り返りたくはなかったが、聞かれたので、答えないわけにはいかなかった。

「まぁ、普通だったよ。君は？」

「私はめちゃくちゃ怒られたよ。大学行く気あるんですかって」

話を聞く限り、彼女も先生から厳しい言葉をもらったようだった。

「志望校下げた方がいいって提案されたけど、でも、絶対に諦めませんって言ったよ」

そこが彼女のすごいところだと思った。自分よりいくつも年上の大人と対峙しても、物怖じせずに意見も言うことができる。

僕とは大違いだった。

「そしたら、太陽くんが暇だから、勉強みてもらえって」

今日の苦行は担任の入れ知恵だったのかと思い、心の中でビンタを食らわせてやりたいと思った。

「何で太陽くんは就職しちゃうの？」

急に語気を強めた言い方をされて、ドキッとした。何でこんなに怒っているのか見当がつかなかった。

「そう言えば、伝えてなかったね。ごめん」

「もう、そういうことは早く言ってよ」

話の流れでついつい謝ってしまったが、納得いかなかった。

本当に彼女が怒っている理由が分からなかった。

「これから私、どうしたらいいの！」

話が見えてこなかった。と言うより、噛み合っていなかった。

「どういう意味？」

「だから、君がいないのにどうやって、やっていけばいいの。一人じゃ心細いよ」

頭が真っ白になった。彼女の言っていることが理解できず、聞き返すことしかできなかった。

「一人じゃ心細い？」

「だって、東京に行ったら、一人暮らしになるんだよ。私、一人暮らししたことないもん」

「東京？」

「大学は東京に行くっていつか話したでしょ。太陽くんがついて来てくれないのに、一人じゃ行けないよ」

彼女の言葉を聞いても、思い当たる節が僕にはなかった。

頭が働いていないせいか、妙に冷静でその時、気になったことが口から自然と出た。

「いつそんな話したっけ？」

僕の単純な質問に彼女は腕組みしながら、考え込んだ。僕の記憶の中にそんなことを話し合ったことはなかった。

それは彼女も同じようだった。

「あーーー！」

「あーじゃなくて……」

「ごめん。そう言えば、話し合ったことなかったね」

彼女は反省の意を示しているつもりなのか、身体をモジモジさせながら言った。

僕は初めて彼女に手をあげた。彼女の額にチョップを食らわせた。

「ひどーい！　痛いよ」

額を押さえながら、そう言う彼女に僕は感情が抑えきれなかった。

「ひどいじゃない。こんな大事なこと一人で決めて」

「だって、二人で行ったら楽しいだろうなって妄想してたら、絶対にそうするべきだってなって、そしたらいつの間にか一緒に行くことになってたんだもん」

「全然、弁解になってないんだけど」

彼女の頭の中で繰り広げられた妄想の出来事の事後を今になって伝えられても困る。

感情が沸騰したおかげで、僕の頭は正常に動作するようになっていた。さっき彼女が言ったことをもう一度、問い直した。

「本当に僕も行くの？」

「うん」

当然でしょ、と言わんばかりに答えられてしまい、実感が湧かなかった。

彼女は立ち上がって言った。

「言うのが遅くなっちゃったけど、太陽君。一緒に行こう」

僕の前に手が差し伸べられた。その手は小さく、か細く、弱々しかったが、しっかりと大きく開かれたその手を掴めば、間違いないとそう思わせてくれる安心感があった。

僕は何も考えず、その手を取った。

夏が明けた九月上旬。僕は担任の先生と進路相談室にいた。

いつもなら、呼び出されなければ訪れることのない部屋に今回は僕が先生に話があると言い、呼び出しに応じてもらった。

僕はこの夏に決めたことを先生に話した。先生は黙って聞いてくれていたが内心、反論が怖かった。

当たり前だ。僕がこの人の立場でもきっと反論し、止めさせるだろうと思う。

それでも、この人から承諾を得なくてはならないと思った。

僕は一通りの経緯と僕の本心を先生にまっすぐな思いで熱心に伝えた。なぜか、その間だけ、先生の目を見ることが苦ではなかった。

喋り終え、部屋に音がなくなると、僕はすぐに平常心に戻り、下を向き、反撃に備えた。

先生の答えは……、

「分かったわ」

そのひと言だけだった。

何が分かったなのか。それは僕らのことを認めてくれたということなのか。聞き返したかったが、まだ勇気が出ず、黙り込んでいた。

続けて先生は言った。

「それがあなたのやりたいことなら、先生はそれでいいわ。今しか生きられない私たちにとって、未来の自分がどうなっているかなんて分かるはずもない。実際、先生もあなたの歳の頃に先生になるだなんて、少しも考えてなかったわ。ただ、人生の岐路に立たされて、どちらかを選ばなくてはならなくなった時に、自分で選んで決めた道を進んできただけ。だから、君にも自分の進む道を自分で選んでほしかったの」

先生のこの言葉に、僕は許されているのだと分かった。彼女以外にも、僕のすることを許して、認めてくれる人がいるのだとそう思った。

初めて、大人に認められた気がした。僕はこの人を信用して、心の中の不安を吐露した。

「先生。でも自分で選んだ道で、後悔したらどうすればいいんですか？」

「後悔のない道なんてないわ。如何にそれを避け続けるかどうかよ」

「それは目を背けるということですか？」

「少し違うわね。目を背けているんじゃなくて、目に入らないの。自分で決めたことに夢中になっている時は多少の後悔に構っていられないものよ」

「夢中ですか？」

「そう。君も私も今この時にしか、生きることができない。過去の失敗に囚われていようと、未来に不安を感じていようと、選択しなければ何も変わらないし、前に進むこともできない。今しかないのなら、その今に全力を尽くさなければ、絶対に後悔する。先生はそんな後悔を生徒にさせたくないの」

先生の言葉には確かな説得力があった。長く生きることで得てきた経験は僕が頭の中で考えてきたことと違い、実感と重みがあった。

先生と話を終え、部屋を後にすると、心の緊張がほぐれていくのを感じた。

今まで感じていた将来の不安は跡形もなく解けていた。

僕が安堵していると、後ろにいた先生がこんなことを言ってきた。

「はぁ。これで私も一安心したわ」

そんなに僕のことを心配してくれていたのかと思い、申し訳ない気持ちでいると、話はとんでもないところに飛んだ。

「結城君が天野さんの勉強を手伝ってくれるなら、少しは合格の確率も上がるでしょう」

「えっ？」

「今の天野さんの学力だと、合格は難しいからしっかりみてあげてね」

「何で僕が。先生が手伝えばいいじゃないですか？」

「私は他の生徒のこともあるし、それに二人で東京に行くんでしょう？　彼氏なら協力しなさい」

軽く肩を叩かれ、任せたぞ的な雰囲気になったが、実際はただ、彼女のことを丸投げされただけだった。

一つの不安が消えると、また新たに出てきた不安が僕を支配した。先生があんなに心配する彼女の成績は一体どんなものだろうか。

僕が不安で打ちのめされていると、彼女がやってきた。

「話終わった？　これから遊び行こうよ」

自信満々でどこにも悩み事などない人の顔だった。そんな能天気さを少しでいいから、分けてほしいと思った。

僕はさっき使いそびれた勇気をここで使おうと思い、彼女を誘った。

「いいね。じゃあ、今からデートしようか」

「デート！　君から誘ってくれるなんて珍しい」

「たまにはね」

「どこ行くの？」

「君の部屋」

「私の？」

「その方が都合がいいから。ほら、僕らのことも話さないといけないし」

そう言うと、照れ臭そうに喜んでいた。彼女の部屋に行くという口実のために騙している気分だが、なりふり構ってなどいられない。

彼女は意気揚々と僕を家まで案内し始めた。

彼女は楽しそうにしているが、おそらく、彼女が頭で考えていることとは程遠いことが今から始まろうとしている。

僕らは運命共同体。

彼女の道と僕の道が重なっている以上、どんなことがあっても、二人で力を合わせて乗り越えなければならない。それは時に、苦渋の道のりであってもだ。

僕は彼女を見捨てないと心に固く誓った。まぁ、彼女が先に倒れたら、話は別だけど。

「着いたよ。ここが私の家」

胸のうちで宣誓を済ませていると、いつの間にか、目的地に着いたようだった。帰宅するまでにかかった時間は四十分ほどだろうか。まだ心の準備が整っていなかったが、腹を括った。これから毎日、来ることになるのだから。

「お母さんに何て紹介しようか？」

「君は黙ってていいよ。僕から話すから」

「男らしい」

「ありがと」

彼女が先に扉を開け、中の住人に声をかけると一人の女性が玄関までやってきた。

その女性はどことなく、彼女に似た雰囲気があった。まるで、彼女の時計の針を何十年か進めたかのような人だった。

その女性は僕に気づき、一瞬たじろいだ。

娘が男を連れてきたら、そうなるだろうな。

「初めまして。結城太陽といいます」

僕は彼女の母親に丁寧に挨拶し、お母さんの方も丁寧に挨拶し返してくれた。もう彼女とは大違いだと思った。

「あの、どちら様ですか？」

僕の隣でふんぞりかえっている女の子は僕との約束をちゃんと守ってくれているのか、何も喋らない。

僕は心の中で偉い偉いと褒めながら、姿勢を正し、こう告げた。

「担任の先生から彼女の家庭教師を申しつかってきた者です。大学受験まであまり時間がありませんので、これから毎日、お宅に訪問することになると思いますので、よろしくお願いいします」

彼女のお母さんは「まぁ」と言いながら、快く僕を迎えてくれた。

隣の彼女はと言うと、感動で声も出ないのか、大きく口を開いていた。そこは涙を流してほしかったが、時間が勿体ないので、彼女を部屋に引っ張っていって、すぐに勉強を開始した。

ここなら、今まで彼女が使ってきた参考書や教科書が全てあるので、わざわざ、僕のところまで持ってくる手間が省けるだろう。

これは僕なりの善意だ。

後で、彼女から何を言われるか心配ではあるが、僕と彼女の未来のためだ。反論や批判は全て封殺することにする。

「さぁ、これから君には学校の授業以外で八時間は勉強してもらいます。休みの日は十時間。あとは生活習慣も正して、夜更かしは禁止。寝坊や遅刻をしたら、ちゃんと罰則があるから気をつけてね。じゃあ、開始」

彼女はまだ開いた口が塞がっていなかった。無理もない。目の前の現実をすぐに受け入れられる脳みその持ち主ではないことは僕が一番よく知っている。

僕は言葉にしなかったが、頑張れと心の中で彼女に言った。

受験勉強の日々で彼女は見事真っ白に燃え尽きた。それはもう灰も残らないと言ったほどで、近くで見ていて、彼女が燃える様は壮観だった。

でも、その甲斐あってか、彼女は自分の志望した大学に合格した。その時は二人で大喜びして、頑張った二人を讃え、慰労会を彼女の家族と開いた。

そのあと、僕が本当は家庭教師ではないことと、二人で東京に行くことの許可を得ようとした。最初こそ、難色を示していた彼女の家族も、僕を信頼してくれて、了承してくれた。

僕たちは卒業を待って、二人で東京に行くことが決まった。

二人だけで、一から生活を始めることに不安がないわけではなかった。僕も彼女もこの街から出たことがなく、彼女にとっては親元から離れるわけであり、お互いだけが頼りになる。

それでも、僕らにあるのは先行きの不安だけではなかった。新天地での生活、見たことのない街に囲まれながら、二人で過ごす日々を想像すると、楽しいということしか、思い浮かばなかった。

そして、僕にとっては新たに人生をスタートさせる機会でもあった。

六

新幹線のアナウンスが次に停まる駅を教えてくれている。彼女はさっきから窓にへばりついて、変わる街並みを観察している。

街にはいくつものビルが所狭しと乱立し、故郷とはまるで違う風景に郷愁を感じながらも、これから始める新しい人生に期待している自分がいた。

とはいえ、僕はもう大人なので、彼女のようなはしたないマネはしない。

「恥ずかしいから、もう窓見るのやめて」

いつまでも窓にくっついているせいで、吐息で窓が曇っていた。

ビル群の隙間を縫って走る新幹線は徐々に減速し、目的地の終点へと連れてきてくれた。

「すごいよ。私たち東京きたんだ」

期待で胸がいっぱいと言わんばかりに彼女は興奮していた。

僕たちの目的地である東京駅に着き、新幹線を降りると、ここはホームの床が見えないくらい人で溢れていた。人が群れを成し、行き交う様は圧巻ですらあった。不思議な力でも働いているのか、誰一人、他人とぶつかることなく、流れに沿って歩いている。

僕らもその流れに乗ったが、広すぎる駅と多すぎる人のせいで、何度もはぐれかけながらも出口にたどり着いた。

東京の中心であるその場所にはビジネス街や高層のオフィスビルが並んでおり、それだけで一日中見物できそうだった。

彼女の提案でこれから暮らすことになるアパートに行く前に散策をすることになった。

見知らぬ街の道でも彼女の足に迷いがなかった。何も気にせず、往来を横切り、堂々と前進する様に僕は見惚れながら、彼女を見失わないように歩いた。

途中、高層ビルが立ち並ぶ中に不自然に緑が溢れている場所を見つけた。皇居外苑だ。まだ少ししか歩いていないが、この街に飽き始めていた。長方形の建物ばかりで景色が変わらない様はまるで、みんなが景観を壊さないように遠慮しているように見えた。機能性と便利さだけを追い求めた結果、獲得したものは無個性であると思った。

だからか、緑が溢れるこの場所は砂漠のオアシスに見えた。

一時間くらい歩いたか、僕は歩き疲れて、どことも構わず、植え込みに座った。彼女は上ばかり見ていたからか、首を回していた。

座ってから後悔した。植え込みには誰が吸ったかも分からない大量の吸い殻や空き缶で散々な状態だった。それでも、足が棒になってしまっているため、我慢した。

「東京って賑やかで楽しいね」

ふいに彼女がこんなことを言ってきた。

はっきり言って僕は正反対の意見だった。もっと綺麗なところだと想像していたせいか、汚いところに目がいってしまう。ゴミ箱から中身が溢れ出ているものがいくつもあったり、どこへ行っても悪臭がしたり、行き交う人々を見てがっかりしたりと挙げればきりがなかった。

僕はそれを正直に伝えると、彼女は「まあね」と同意してくれた。

意外だった。環境に適応する能力に長けている彼女なら、てっきり非難されると思っていた。僕は特に環境の変化に弱い。また、適応できないと見切りをつけるのも早いため、順応できずに終わってしまうことが多かった。

どっちを向いても、人だかりができているこの東京で取り残された感覚がした。

僕らだけが異端で浮いていて、そして汚れていなかった。いつかこの環境を受け入れ、この街に順応し、変わってしまう自分がいることを想像した。

その時、彼女はどうなっているのだろうか。

僕らはどうしているのだろうか。

考えても仕方のないことが湧いてきては振り払うのを繰り返した。

「そろそろ行こっか」

彼女の声に我に返った。またこの人の波の中を歩くのかと思うと、足が重くなった。

そんな心境を察したのか、彼女が手を伸ばしてくれた。僕は何も考えずにその手を握り、立ち上がった。いつもなら、長く手を触っていられないがこの時だけ、手を離したくなかった。

彼女は僕が中々、手を離さないのできょとんとしていた。

「もうちょっと、このままでいてもいい？」

一体、どんな感情からこんなことを言ったのか分からなかった。僕の心は平生としていた。分かったのは彼女の手の温かさと強く握り返すことでの返事だった。

僕らはまた歩みをはじめた。はぐれないように手を繋ぎ、お互いを感じながら歩いた。好きな人が隣にいることを実感し、僕は胸の中でここでやっていくことへの決意と覚悟を固めた。

「到着。ここが私たちの新しいお家だよ」

電車を使って、別の駅に着いても、景色は変わらないなと思っていたが、商業施設と歓楽街を抜けると建物の身長は低くなり、住宅街が見えてきた。

あたりに高い建物はマンションくらいしかなくなり、平らな景色の中で目立って見えた。

僕らがこれから暮らすことになるアパートは二階建てで僕が住んでいたところより、断然綺麗だった。壁はレンガ調を模したものであり、綺麗に整列された模様が好印象だった。

彼女が大家さんに挨拶を済ませ、部屋の鍵をもらうと、わくわくといった感じで僕を部屋まで案内してくれた。

彼女は何度か来ているようであったが、僕はこれが初めての顔合わせになる。

緊張しすぎのようにも思えたが、最初が肝心という言葉を思い出し、襟を正す心持ちで扉の前に対面した。

「それじゃあ、開けるよ」

彼女の掛け声とともに開かれたその部屋は微かであったが見覚えがある気がした。

「どう？　いい部屋でしょ」

「いい部屋だけど。ここって」

「そう。ユウキくんの部屋にそっくりでしょ。初めて見た時、ここだって思ったんだ」

既視感を覚えた理由が分かり、部屋を見回すと、本当にそっくりだった。

家具が増えていたり、ベッドがあったりと違う点はたくさんあったが、知らない土地で見覚えのあるものに出会うというのは実に変な気分だった。

「私もあの部屋好きだったし、見知った場所なら寂しくならなくていいかなって思ったの」

「君にしてはえらく気が利いてるね」

「そうでしょう」

部屋には彼女の荷物が詰め込まれているであろう段ボールがいくつもあったが、落ち着くには最適だと思った。

「あとは、これは私からのプレゼント」

そう言って彼女が部屋にある一つのものを指し示した。

「本好きなのに本棚持ってなかったから、ついてきてくれたお礼に買ったんだよ」

それは腰くらいの高さの本棚で中身は空っぽだった。

「何で本棚持ってなかったの？」

唐突な質問に一瞬考えてから、口を開いた。

「別に理由はないんだけどね。昔から色んなものを共用で使ってきたせいか、自分のものっていう感覚があんまりないんだ。あと、たぶん捨てられないからかな。物が増えるとどうしても、捨てなきゃいけなくなるから、それがなんか嫌で最低限のものしか持たないようにしてるんだ」

実際、僕の荷物は彼女のものと比べて、遥かに少なかった。部屋を出ていく直前、自分でそのことに気がついて、驚いたくらいだった。

僕と彼女を比較して浮き出てくる違いに、過去の経験が原因であろうことが頭の片隅をよぎる。

やっぱり、僕は普通ではない。

「そうだったんだ。でも、本でいっぱいにしてあげないと本棚が可哀想だから、たくさん、本集めようね」

けれど、それでもよかった。そのおかげで、彼女と過ごす普通の日常を幸福に感じられる。

「そうしたら、私にも読ませてね」

「君も読書するんだ」

少し揶揄うように言った。

「失礼な。最近はよく読むんだからね」

「ごめん。嬉しくてついね」

彼女が怒って頬を膨らませるのを見て、僕が笑うと、彼女もつられて笑った。

「さて、じゃあ少し部屋の掃除でもしようか」

「えー、今から！」

彼女からは抗議されたが、この状態だと座ってご飯も食べられないため、僕が美味しい夕食を作ることで了承してくれた。

部屋の掃除がひと段落してから、埃の舞った空気ばかりを吸った肺に綺麗な空気を取り込ませるために、窓を開けた。ベランダに足を伸ばしながら、二人で並んで座った。

新鮮で冷たい空気が肺の奥まで入ってきて、身体が冷えるのを感じて、二人で身震いした。

僕らはお互いに体温を分け与えながら、東京の空を見上げた。

「こっちは全然、星が見えないね」

もうすっかり日が落ちてしまっているのに、空には一つの明かりも見えなかった。

「都会だからね」

「何か、今になって遠くまで来たって実感が湧いてきちゃった」

どこか物寂しげに言う彼女に僕はそっと慰めるように言った。

「寂しいの？」

「うん。一人だったらね」

「何だ。じゃあ寂しくないじゃないか」

「うん。ユウキくんが一緒だから、全然寂しくない」

素直にそう言われ、自分で聞いておきながら照れてしまった。彼女の言葉は簡単に信じられる不思議な力があった。

暫しの沈黙の後、彼女はこんなことを聞いてきた。

「ねぇ。何でついて来てくれたの？」

僕の方を見ずに言う彼女の視線の先は真っ暗闇で気持ちを不安にさせる空であったが、透き通った、どこか綺麗な色の空でもあった。

「そうだね。理由はたくさんあるけど、一番の理由は……」

寄せ合う肩から彼女の緊張が伝わってきた。

「新しく一歩踏み出せる気がしたからかな」

予想とは違う答えが返ってきて、驚いているのか、彼女はこっちを振り向いた。

僕らは見つめ合う形になりながら、僕は続けた。

「人生を変えたかったんだ。過去に悩まされながら生きるよりも、早く忘れて、新しく人生をスタートさせたかった。だから、僕にとって君の誘いはその機会を神様が与えてくれたんだって思った。君について行けば間違いない。そう思ったから、君と一緒に行こうって決めたんだ」

自分の言葉に確かな実感が持てた。新しい場所で僕はスタートを切れている。彼女のおかげで。

「絶対、変えられるよ」

彼女の言葉が僕の勇気と自信になるのが分かった。

僕はこれ以上、見つめ合うと顔が破裂すると思い、立ち上がってベランダに出た。彼女と身体が離れても、半身には、しっかりと温もりが残ったままだった。

立ち上がったことで目の前に広がる景色にさっきの彼女の言葉を思い出し、彼女に手招きをした。

「こっちでも、ちゃんと星が見えるよ」

彼女も立ち上がり、二人で東京の夜の景色を眺めた。彼女はすごく感動していた。

「すごい」

ビルや家の一つひとつに明かりが灯り始め、幻想的な夜景が広がっていた。遥か空の上で輝く星の上に立っているような錯覚がした。

昼と夜とで見える景色がこんなにも違う。きっと僕一人で見ていたら、そんな当たり前のことにすら気づかなかったと思う。

僕は確実に変わってきている。きっとそれは隣の彼女も感じているのではないかと思う。ずっと変えたかった生き方、彼女みたいになりたいと願ったことがこの道を進めば成れる。

進み出した新たな一歩に後悔していない自分がいた。

「これからもよろしくね」

「僕の方こそ、よろしく」

大学生になった彼女との生活は楽しかった。かと言って、楽しいことばかりでもなかった。

彼女の周りの人が作り上げた彼女という個人と、僕が人生の中で会ってきて少なからず影響を受けてきた人は違う。そういう変えられない部分が時に露呈し、ぶつかった。

近くで過ごす時間が長くなればなるほど、違いがはっきり見えてくる。お互いに気になったところは隠さず告げ、直してほしいところがあれば、直すよう努力する。これが僕らの生活の上での規則になった。

それでも、彼女にはどうしても直せないところがあった。

まず、彼女は掃除をするのが苦手だった。何度、綺麗にしても、すぐにまた散らかすし、掃除の最中に他のことを始めることがよくあった。大学からの課題を忘れて、焦っている姿もよく見られた。

おっちょこちょいと言えば聞こえはいいが、彼女の場合、それが度を越している気がした。

悪いところばかりでもなく、いいところも長く付き合っていく過程で見つけた。

高校生の頃からそうであったが、彼女は自分の興味関心ごとには実力を遺憾なく発揮する。好奇心旺盛で色々なことに挑戦しては僕もそれに付き合わされたりした。

それに彼女には僕にはない決断力があった。僕が優柔不断すぎるから、彼女のことがすごく見えるだけかもしれないが、彼女の決断に助けられることが多くあった。

こうして見ると、僕と彼女の関係に変化はなかった。時は流れているはずなのに、僕らの時間だけが進んでいない感覚がした。

唯一、変化があるとすれば、それは彼女からもらった本棚だ。

僕はその本棚にたくさんの本を入れた。本棚が埋め尽くされていくことが、二人の時間が流れていることの証明だった。

お互いに読んで欲しい本を買ってきては感想を言い合うのが僕らの当たり前になっていた。

初めの頃は僕が本を読んでいると、彼女も真似をして本を読み出すことがあった。本を読むようになったというのは本当だったのかと、その時思った。

しかし、大学へ行っている彼女と違って、時間があるはずの僕は読書する時間が段々なくなっていた。僕のすることといえば、家事とアルバイトくらいしかないのだが、一人暮らしの時は食事は一食しか作らなかったり、掃除も洗濯も最低限でよかったので、毎日、二人分やらなくてはいけなくなってから、要領を掴むのに苦労した。

僕の読書量が減るのと対を成すように、彼女の読書量は増えていった。今ではあの本棚を一番活用しているのは彼女だ。前と比べ、読む速さも上がったように思う。

彼女は一冊読み終わると、絶対に僕のところへやってきてはおすすめの本を聞いてきた。

僕はそろそろいいかなと思い、彼女に僕が一番好きな作家の本を紹介した。

「夏目漱石なんてどうかな?」

彼女はあからさまに難色を示した。

「結構、傷ついたんだけど」

「ごめんごめん。つい、高校の時のこと思い出しちゃって。退屈だなって」

彼女だから許しているが、他人だったらぶっ飛ばしているところだろう。たぶん。

「きっと、今読めば、印象も変わるさ」

「でも、読みにくいしなぁ」

「現代語訳版読めば」

彼女は渋々といった様子で本棚にある漱石の作品のところに向かった。

何を手に取るのか、楽しみだった。

手にしたのは『こころ』だった。彼女にしてはセンスがいいなと思ったが、後で聞いたら、内容を少し把握しているからという理由だった。

普段なら、サクサクと読み進める彼女も『こころ』には苦戦しているようだった。娯楽としての文章は起承転結がはっきりと分かるため、読み始めから盛り上がるまでの道程や読み終わったという感覚で本を楽しいものだと理解するが、漱石の時代の作家たちの本は違う。

明らかに、今とは別のものを描いている。それに気づいてから僕はその時代の作家たちが好きになった。

『こころ』という作品は常に平坦な物語だ。熱い友情も熱烈な恋愛も迫力のあるアクションがあるわけではなく、ただ見知らぬ者同士が出会い、中盤から過去を回想して終わっていく。

退屈と思うかもしれないが、何を描いているかを理解すれば、これほど読みごたえがあり、読み終わらない作品はない。

彼女にも、僕の感覚を味わって欲しかったが、自分で気づく前に断念しそうだったので、仕方なく教えてあげることにした。

「全然、読み終わらないや」

彼女は、三分の一くらいしか読み終わらずにそう言った。

「もうちょっと頑張ってみようか。遺書までいけば、おもしろくなるから」

「だって、ずっと退屈なんだもん」

「まぁね。内容はあって無いようなものだしね」

「そうそう。復讐を果たすとか、ミステリーの謎解きみたいに何を目的に読んでいいかが、いまいち分からないんだよね」

読みたくても、読み進められない。僕にも彼女と同じ考えを持っていた時期があったと振り返り、微笑ましくなった。

「僕らが本に求めているものがあるように、本にも読み手に求めているものがあるんだよ」

「どういう意味？」

「前にも言ったけど、お話の筋を理解することが小説の全てじゃなくて、作者の考えや生い立ちなんかも含めて読まないと、この作品は理解できないいんだよ」

「うーーん。じゃあ、今の私にはまだ読めないのかな」

どこか落ち込むような表情をする彼女はこのまま読み進めるか、中断するかを迷っているようだった。

「しょうがないから、昔みたいに授業してあげるよ」

「本当！　やった」

「まぁ。全部僕の考えだから、期待しないように」

「そんなことないよ。君の話面白いもん」

「で、どこから話したらいいのかな？」

「全部」

「全部って。前にも一度、教えなかったたっけ？」

「えへへ」

この返答が全てを物語っていた。今度は忘れられないように脳みそに叩き込んでやろうと思った。


「先生って何者なの？」

「何者でもないさ。仕事に就かず、外出もあまりしない。自分の奥さんとひっそり暮らしている。おまけに人間不信」

「主人公は何でそんな人のことを先生なんて呼んだんだろう？」

「漱石の考える先生は今の学校の先生みたいなものじゃなくて、師弟の関係なのさ。勉強を教えてくれる存在ではなく、人としての生き方とかあり様。人間を理解し、人として優れている人のことを先生と呼ぶべき人だと漱石は考えてたんじゃないかな」

「人として優れてるってつまり、どんなところが？」

「それはやっぱり、心だよ」

「心？」

「先生はお嬢さんと一緒になりたくて、親友のＫを騙して結婚の約束を取り付けたけど、そのすぐ後、Ｋは自殺してしまう。君だったらどう考える？」

「私のせいで死んじゃったって思う」

「普通はそうだろうね。そしたら、君なら結婚するかい？」

「うーん。たぶん、できないと思う」

「僕もできないと思う。至るところで、亡くなった親友のことを思い出して、楽しくないと思うから」

「そう考えると、何で先生は結婚できたんだろう？」

「それはKの遺書のおかげかな」

「どういうこと？」

「Kは先生のせいで死ぬことを選んだとは言ってはいない。先生自身ももっと別の理由があるんじゃないかと思ってた。それでも、本当のことは分からない。Kのことを思えば、結婚なんかできないけど、心のどこかにはお嬢さんと結婚できることへの安堵がある。一人の女性に向けた愛情が親友の死に関わっている現実。本来、美しいはずの愛が裏を返せば、醜い一面が顕わになる。そういう複雑な人間の心の有様を描いているのが『こころ』なんだよ。そして、そういうことを人生経験として知っている人は先生と呼ぶに相応しいと僕は思う」

「それが優れている人ってこと？」

「うん。そうでなければ、愛を罪悪なんて言わないと思う」

「自分の人生の中で得た考えや生き方みたいなものを持っているのが優れた人」

「そう。普段から生きることとか、人間とは、みたいなことを考えて生きてる人は少ないと思う。でも、本当は常に考えておかないといけないことなんだと思う。そういう意味では先生は半生をそういうことに費やしてたんじゃないかな」

「何でそう思うの？」

「先生はよくKの墓参りに行っていた。それは罪滅ぼしのためだけとは僕には思えない。きっと親友の死を通して、いろいろなことを考えたと思う。それを誰かに話したかったけど、交友関係の乏しい先生にとって、日々の話し相手は奥さんだけ。もちろん、奥さんには言えないことだから、墓石の中の親友と語り合うために会いに行ってたんだよ」

「なるほど。だから、命日じゃなくて、毎月だったんだ」

「僕の想像だけどね。でも、名作には必ず、読み手の考えが反映される余地が残されているものだよ」

「何で、漱石はこんなことを描きたかったんだろう？」

「それは漱石が神経衰弱に罹ってたからじゃないかな」

「心を病んでたの？」

「政府から英国への留学を命じられた漱石はその二年間を不愉快だったと振り返ってる。常に資金不足で文化の違いや孤独感に悩まされながら送った生活は漱石の心に強い負荷を与えた。晩年はそれが祟って胃潰瘍に苦しめられた」

「ちょっと分かるな。知らない場所で誰にも頼れなかったら、私だって落ち込むと思う」

「僕も耐えられないと思う。実際、留学から帰ってきた漱石は人が変わってたらしいからね」

「どんなふうに？」

「ものすごく怒りっぽくなってたみたい」

「そんな経験をしたから、人の心についての作品を書いたのかな？」

「僕はそう思う。神経衰弱に苛まれていたから、文学を通して、人の心を描きたくなったんだと思う。そういう意味では人の心を探求することも文学の役割かもね」

「なるほど。やっぱり君の話は面白いね」

「どうもありがとう」

「最後に一つ聞いてもいい？」

「何？」

「どうして、この小説には個人の名前が出てこないと思う？」

「それは、おそらく誰にでも当てはめられる事柄だからじゃないかな」

「どういうこと？」

「人間はみんな違うけど、共通していることと言えば、みんな心というものを持っている。感じ方は違えど、みんな嬉しいとも悲しいとも感じる。人の行動は心に左右される。先生のしたことってみんなしてることなんじゃないかな。みんな誰かに嘘をついたり、秘密をもっていて、でもそれが結果として現れていない。現れていないだけで、いつかそれは暴かれたり、話さなければならない時がくる。先生や僕みたいにね」

「私の秘密……」

「まぁ、君みたいにズバズバ何でも言っちゃう人に隠し事は無理だろうけどね」

七

僕らが最初ここへやってきて、どれくらいの時間が経ったのだろうか。新しいことの連続で、気がつけば、季節は変わっていた。確か、僕らが東京へ来た時にはまだ桜が咲いていたが、いつしかその桜は散ってしまっていた。昔の自分なら、木々が緑へと移り変わっていく瞬間を毎日、観察していたものだが、いつしかそんな余裕は無くなっていた。だから、いつ緑が黄赤を帯び、枯れ落ちたのかを僕は知らなかった。

僕のいた街なら枯れ木ですら、街の一部として機能し、過ぎゆく時間を教えてくれていたが、都会の自然はそうではなかった。ネオンや街音に感覚が惹きつけられ、そこにある自然に目がいかない。都会にとって自然はどこまでも異物で、感じられない物体として存在し続けていた。

今でも、僕はここが苦手だった。街にある電光掲示板では常に新しい情報を宣伝し、二度と同じものを見ることは叶わない。人も物も、ただ変化し、止まるものを置き去りにし、進む方向をはっきりと示さないまま、進んでいく。この場所は人のエゴが詰まった場所だと僕は思った。

もし、今この場所がなくなっても、僕は困らないと思う。最近、そんな想像をしてしまう自分がいた。

僕は変わらないものが好きだ。そして、僕にとってそれは彼女だった。

彼女は本当に変わらなかった。見た目や性格に微妙な変化はあったが、僕に対しての感情はずっと好きのままだった。それは僕も同じだった。

できれば、この毎日が永遠に続いてほしいと思った。彼女との日々が僕の全てだった。

だから、行動には移さなかった。

それでも、時間は無情にも僕らに変化を要求してきた。

その要求通り、僕は変わった。

そして、その僕を肯定できている実感があった。立派に大人になったといえた。

でも、それを見てくれる人は誰もいなかった。


年の終わりということで、彼女の大学は冬休みになり、ここ最近ずっと家にいた。二人でクリスマスを祝い、あと数日後には新年を迎える日となる。

長かったような短かったような一年だったと僕は振り返った。

そう感じるのも彼女のおかげだった。たくさんの場所へ行き、たくさんの貴重な経験をした。あっという間だったが、充実していたから、そう感じるのだろうと思った。

僕は彼女がいなくても、色々なことに挑戦できるようになっていた。新しいことを本からだけでなく、体験として学ぶことが好きになっていた。

そんな僕を彼女は褒めてくれた。

だから、今まで億劫になって、してこなかったことに挑戦してみることにした。

僕は彼女に家事を教えることにした。休みの日が続き、することもない今が絶好の機会だった。

なぜ億劫になっていたのかというと、手伝わせると僕の仕事が増えるからであった。休みの日くらい何もしなくていいと最初は思っていたが、人が働いているのに、横でゴロゴロされるのは正直、目障りだったので今回の決断に踏み切った。

結果は一人で任せられるほどではないが、手伝えるくらいには、彼女は成長してくれた。料理以外は。

僕が教えたことで自信を持ったのか、家事のあらゆる点で彼女はやる気になってくれた。だが、そのやる気の方向が一番、料理に向いているのが面倒なところだった。

お皿を割った回数数知れず、包丁で指を切った回数数知れずといった具合だ。任せられるはずもない。

しかし、彼女が手伝ってくれたおかげで、案外早く新年を迎える準備が整った。

十二月三十一日。この日は何もしないで二人で過ごすと決めていた。一日中、年末の番組を観ながら、こたつで過ごした。僕はあの部屋にテレビを置いていなかったので、初めて視聴する番組ばかりだった。

珍しく彼女も指定席から一歩も動かず、テレビに齧りついていた。後で聞いたら、これが彼女の家の年末の過ごし方だと言う。

僕もそれに合わせて動いたため、昼間に立ったのは食事の支度とトイレの時だけだった。今まで年末も年始も僕にとっては平日であり、初詣もしないため、特別な日という感覚がなかった。彼女に言うと、それはダメなことらしく、この日にしかやらないテレビを観るのが正しい過ごし方だと教わった。

特別な日だけあって、一日のルーティンも違った。彼女はいつも、二十一時ぐらいにお風呂に入るのだが、今日に限って、十七時に風呂に入るといってきた。理由はもちろん、テレビのためだ。いつもなら、一時間以上入るお風呂も今日は三十分で出てきた。

晩御飯も出前が彼女の家のしきたりらしく、今日は本当に何もせず、あっという間に二十三時を迎えた。

家族で集まって、新年を迎えてから寝るというのも彼女の家の過ごし方らしく、彼女は眠い目を擦りながら、起きていた。途中、寝るように催促しても、頑なに寝なかった。

今日は頑固だなと思いつつ、僕も寝ずに付き合った。

時間は次第に過ぎ、今日も残すところ、あと十分となった。この時間になると、やっている番組も終わり、退屈な番組が流れた。

寝ないようにしている彼女は僕に話しかけてきた。

「今年も残すところあと数分だね」

「そうだね」

「どう？　東京には慣れた？」

「いまいちかな」

「私も。高校生の時は憧れた街だったけど、今はそんなでもないかな」

寝ぼけているからなのか、どこか寂しげな口調のように感じた。

「今になってホームシックかい？」

「そうかも。ユウキくんは平気？」

彼女の問いに少し考えた。東京にはまだ慣れてはいないが、あの街にも帰りたいと思う自分はいなかった。僕はどちらにも染まっていなかったことに気づいた。

でも、何でそうなのか。答えは案外すぐに出た。

「僕は平気。君がいるから」

「何それ」と顔を赤くしながら、彼女は言ったが本当のことなのだから仕方ない。

「何か急に寂しくなくなった」

「それは僕のおかげかな」

「うん」

「あんまりはっきり言われると、ボケたのが恥ずかしくなるんだけど」

彼女は笑った。つられて僕も笑った。特別な日でも変わらないところもあった。

「早く、来年にならないかな」

「せっかちすぎやしないかい」

「だって、来年は二十歳だよ。大人になるんだよ！」

「二十歳になったら、したいことでもあるの？」

「いっぱいあるよ」

「一番にしたいことは？」

「お酒飲みたい」

「あるあるだね。誕生日いつだっけ？」

「四月だよ」

「じゃあ、来年はお花見でもしようか」

「本当！　約束だからね」

子どものように喜ぶ彼女を見て、大人になった彼女の姿を想像した。あまり、今と大差なかった。

それと同時に、自分の未来の姿も連想した。こっちも今と大差なかった。まだ、やりたいことも目標とすることも決まっていないが、このまま彼女の夢を応援するのも良いなと思っていた。

はっきりいえば、彼女はまだ子どもの部分が多い。きっと社会に出た時、苦悩や苦労に直面することが人より多いように思う。

きっと、彼女は僕と知り合う以前から、その性格がもたらす問題に苦労していたのだろう。彼女と過ごしてきた生活の中で、僕はそう感じていた。

でも、そんな経験も彼女の仕事にならら必要だと思った。教師として、生徒の前に立ち、生徒の道標として存在するというよりは、生徒の横に立ち、あるいは一番後ろから生徒全体を見守り、遅れている生徒に手を差し伸べてあげる。そんなことができるのは彼女のような人であると、僕は僕の経験から本気で思っていた。

彼女はできないことが多い分、それを自力で克服しようと努力する。その姿が明らかなので、どうしても応援したくなってしまう。これも僕が発見した彼女の魅力の一つだった。

時計を見ると、今年はあと五分だけになっていた。

僕たちが大人に近づいているのを実感していると、彼女が急に「あーっ！」と叫んだので、驚いて彼女の方を見た。

彼女は何か大切なことを思い出したかのように台所へすっ飛んで行った。しばらく待っていると、台所からカップ麺を二つ、お湯が入った状態のものを持ってきた。

いつそんなものを買ってきたのか聞くと、年越しそばのために準備しておいたものだと答えが返ってきた。

そんなことかと思い、何をそんなに慌てることがあるのかと思っていると、どうやらこれも彼女の家の慣習のようだった。

「早く食べて食べて」

捲し立てるように彼女は言った。

「もう間に合わないよ」

「大丈夫。四分で食べよう」

時計とにらめっこしながら、そういう彼女は大人には見えなかった。

「あー今年が終わる」

「もう四分経ったんじゃない？」

「いただきます！」

そばにがっつく彼女を見て、僕もそばを口に入れた。やっぱり、食べるにはまだ早く麺は硬かったが、食べられなくはなかった。

程なくして、テレビが年が明けたことを教えてくれた。

「あけましておめでとう！」

口にそばを含みながら言う彼女に、うんうんと答えながら、食べ終わってからでいいよと言った。

確か、地域によって年越しそばの風習は異なっていたと思うが、あるところでは年内に食べ終わらなければ、昨年の厄を断ち切ることができず、次の年の縁起が悪くなるという話があった。

きっと食べ終わらなかった僕に不運なことが起こるのかと思ったが、去年は良いことしかなかったことを思い出し、このまま今年も良い一年になるのではと思った。

急いで食べてお腹が苦しいのか、彼女は横になっていた。

「君が大人になるのはまだまだ先かな」

「何か言った？」

ふいに口をついた言葉を聞かれてはいないようなので、安心した。

「あけましておめでとうって言ったんだよ」

新年早々、嘘を吐くとは思わなかった。

彼女はその場で居直って、僕におめでとうと言った。

今年がどんな年になるのか分からなかったが、僕らの一年の始まりには笑顔があった。

年が明け、淡々と時が過ぎていった。この時期は何か特別な行事があるわけでもないため、時間が経つのが早く感じた。新年が一年の始まりというよりは年度が替わる四月が一年のサイクルになっている僕らはこの時期はどこか物悲しさを感じながらも、四月の春に向けた待機の時というのが、この時期の感覚だった。

このまま、何も起こらず時間が過ぎていくと思っていたところに、一通の手紙が届いた。僕には手紙をやり取りするような相手はおらず、当たり前のように彼女宛てのものだと思っていると、宛名は僕になっていた。

彼女も不思議がってはいたが、送り主を見てみると、僕らが見知った人の名前が書いてあった。

送り主は高校の担任からだった。もしかすると、僕らの事を案じて、手紙を送ってきてくれたのかと思っていると、彼女にも心当たりがなく、住所も教えていないそうだった。

なぜ今になってと思う僕の心をよそに彼女があけてみるように催促してきたので、不安ながらも読んでみることにした。手紙の文字はやけに綺麗だった。

『結城太陽様

急なお手紙を差し上げる形となったことお許しください。

東京での生活はどうでしょうか？

二人のことなので、仲良く、楽しくやっていると思います。

あなたと出会った最初、妙に大人びている子だというのが初めて抱いた印象であり、普通の子とは違うと、そう直感しました。

実際、あなたの話を聞いたとき、なるべく過去のことは触れずに忘れさせる努力をさせてあげようと思っていましたが、あなたは他人と関わることをせず、私とも関わりたくないような感じでした。

どうするべきか、考えあぐねていると、あっという間に時が経ち、三年生になってしまいました。教師として何か最後にしなくてはと思っていたところに、あなたと天野さんが付き合っていることを知りました。それからのあなたは少しずつ活発な姿を見せるようになり、自分の力で立ち直っているのだと、そう実感しました。私もそれがとても嬉しかったことをよく覚えています。

今も生徒たちと接していると、たまにあなたのことを思い出す時があります。それほど、あなたは印象に残った生徒でした。

長々と話してごめんなさい。あなたのことを考えると、本題を切り出しにくいのですが、率直に伝えると、お父様についてです。

先日、私のところへ君のお父様が来られました。お話を伺うと、過去にあなたにしてしまったことを後悔しており、謝りたいとのことでした。あなたがどこにいるのかは伝えていませんが、連絡を取らなければと思い、天野さんのご両親に住所を伺い、手紙を出した次第です。

太陽君。あなたにとっては辛いことを思い出すことになるかもしれませんが、私はお父様に会ってほしいと思っています。太陽君が本当の意味で過去から立ち直り、未来を歩いていくために大切なことだと思います。

この手紙を読んだら、是非連絡をください。待っています。

朝井　静香』

突然の手紙に困惑した。不意を突かれるかたちになってしまい、思考がまとまらなかった。

思いがけない人からの手紙には忘れかけていた父に会えと書いてある。僕は自分の気持ちをさらったが、正直会いたくない気持ちが強かった。顔も声も覚えておらず、あるのはただ、自分の父という存在の人から殴られていた記憶だけ。

今さら、会って何を話せばいいのかなど見当がつかなかった。

長い間、黙り込んでいると、痺れを切らした彼女が声をかけてきた。

僕はそれに応えられるまでには思考が回復していなかったので、手紙を差し出すことで返事をした。

その手紙を彼女も読み、何も言わずに手紙を僕に返した。

それから、一週間くらい経っただろうか。僕は手紙の返事をどう返すべきか、考えていた。答えは出ているのに、いざそれを形にしようとすると、手がおぼつかなくなり、書けなかった。

形にしようとする自分の思いが否定や拒絶といった負の感情であればあるほど、強い心が必要であると、この時学んだ。

僕はかつて、僕を否定した人に対して、僕がされて嫌だと感じたことと同じことをしようとしている。わざわざ、会って話したいと言ってきている人に対して、それを拒絶で応えようとしている。それが分かるほどには僕は成長していた。また、それはしてはいけないことであるとも分かってはいた。

僕も出来れば、好意を無下にしたくはなかった。だが、頭では理解していても、この心と身体が、僕が父の元へ行くことを許してはくれなかった。

唯一の理解者である彼女に相談したくても、彼女にも明確な答えがまだ出ていないようであった。

ここ数日、彼女ともまともに会話していないことを思い出した。

今まで、二人で居て、こんな空気になったことは一度もなかった。いつも笑って元気でいる彼女が常に落ち込み、薄暗い表情ばかりを浮かべている。

僕は急に怒りが込み上げてきた。彼女から笑顔を奪った父が許せなかった。すると、途端に頭が回り始めた。

もし、父と会うことになると、きっと彼女も会わなくてはいけなくなるかもしれない。僕はそれだけは避けたかった。そして、今が僕が過去と決着をつける瞬間であるのだと思った。

過去を振り返らず、前だけ向いて歩いていくためには過去の存在である父を僕自身で断ち切らなければならない。これはそのための儀式であると、そう考えた。

僕の理論は完璧だった。考えがまとまると行動に移すのは早かった。僕は手紙の返信を書こうとペンを取った。

僕が何やら書き始めたことに気づいた彼女は僕に近寄ってきた。

「何してるの？」

「手紙の返事を書いてるところ」

「何て返事するの？」

どこか不安げな表情をしながら聞いてきた彼女に、安心させるように僕は言った。

「まだ、細かい内容は決めてないけど、会いたくないって返すつもり」

「それでいいの？」

「いいんだよ。これでやっと過去の事を忘れられる気がする」

「……」

彼女は何も言わなかった。

「いつかこんな日が来るんじゃないかと思ってた。過去を見つめて、どう折り合いをつけるのか決めなきゃいけないって。ちょうどよかったんだよ。過去のことも父のことも忘れかけてた今が縁を切る機会だと思う」

彼女はまだ何も言わなかった。その代わりに僕を後ろから包み込んでくれた。背中に彼女の吐息と熱を感じた。

これが彼女が僕の答えに賛同してくれた証しだと思った。でもそうではなかった。彼女は目の前の僕が確かな存在であるのかを確かめるように強く腕に力を込めていた。

「私ね。手紙を読んでどうするべきかずっと考えてたの。君にどうしてほしいのかずっと考えてて、答えが出てもそれを伝えていいのか分からなくて、勇気が出なかったの」

そこまで言うと、彼女は言葉を溜めて、しばし無言になった。顔や姿は見えず、声だけしか聞こえない状態であったが、彼女の存在をこんなにも近くで、そして強く感じたことはなかった。

そして、彼女は意を決したように僕に告げた。

「君が会わなかったら、お父さんはどうなるの？」

「えっ」

思わず声が漏れた。

それでも彼女は止めることなく話し続けた。

「君が会わなかったら、ずっとお父さんは君に許してもらえなかったって感じたまま生きていくことになるんだよ。そんなの可哀想だよ。お願い太陽君。私も付いて行くから、お父さんに会おう。そしたら、きっと太陽君も自分のこと許してあげられるよ」

彼女の言っていることがあまり理解できなかった。こんなにも僕らの間で見えているものが違うのかと思った。

彼女は腕を解き、僕の肩を掴んで振り向かせた。見つめあった瞬間、彼女の顔が懐かしく、見たことのない新しい顔に感じた。

僕の前面にきた彼女は今度は正面にある僕の胸に抱きついてきた。その顔は涙で滲んでおり、さっきもこんな顔だったのかと思った。

彼女の抱擁は二つの意味で痛かった。初めて、彼女から痛みを受け取った瞬間だった。

たぶん、この時の僕は頭が真っ白で自分でも何を言っているのか分かっていなかったと思う。

僕は彼女の肩をそっと掴み、距離を取った。

「何で、君が父親のことを気にかけるの？」

どうしてこんな言葉が口からすんなりと出てきたのか今でも納得のいく答えが見つからないが、本心の一部では、彼女の関心が僕にではなく、父親の方に向いていたことが許せなかったのだと思う。

「あんな奴にまで君が優しくする必要ないよ」

次々と父親に対して、思っていたことが口から出た。

「ろくに仕事もしないで、酒ばっか飲んでたどうしようもない男で」

これは本心だろう。

「自分の家族に手を出すようなクズで」

これも本心だ。

「僕はあいつのせいで死にかけて」

これも本心だった。

「今やっと、幸せな生活なのに、またあいつと関わったら壊されそうで怖いんだよ」

どれも口から出てくる言葉は本心だった。

でも、全てではなかった。僕は最後に胸に残った言葉を口に出さずに、わざと大きく息切れしているフリをしてしまった。

僕が本気で本心を口にしているのだという事を伝えるための姑息な手だった。

話している最中、頭に血が昇りすぎて、視界が真っ白になり、彼女の姿をよく捉えられなかった。

ようやく、視界に彼女を収められるようになると、ただ下を向いて座っているだけだった。ただそうしているように見えただけだからだろうか、彼女の手が振り上げられていることに気づけなかった。

突然、パンッという甲高い音が聞こえた。その音と同時に僕の視界から彼女が消えた。

何が起こったのか分からずにいると、頬の痛みがそれを教えてくれた。

僕は彼女に殴られたのだ。

頭で理解するよりも心が先にそう判断したように思えた。そしてその事実を僕が考えないように心が脳の思考を堰き止めているのを感じた。

僕は頬を押さえながら、彼女の方へもう一度、視線を戻した。けれど、彼女は僕に視線を合わせてはくれず、立ち上がって、こう言った。

「逃げちゃだめ！　逃げたら何も変わらないままだよ」

彼女からあんなに大きな声を聞いたのは初めてのことだった。彼女は怒っていた。同時に泣いてもいた。大きな涙の粒が彼女の足元に落ちるのを何度も見た。

そのまま、彼女は出て行ってしまった。声を出したかったが、頬の痛みを強く感じて声にならなかった。

彼女はどこかへ行ってしまった。

彼女に頬を叩かれ、外に飛び出して行ったあと、どれくらいの間、そこに座っていたのか。とてつもなく、長い時間を過ごした気がしたが、時間にすれば、十分程度であったと思う。

その場で放心状態だった僕は時間が経つにつれ、正気を取り戻し、彼女を捜そうと外に出た。しかし、本当のところは、あの部屋に居たくなかっただけだった。

あそこに居て、彼女のものに囲まれていると、嫌でもさっきのことがぶり返してきてしまう。それに耐えられなくなっただけだった。

何をするにしても、彼女の事を持ち出さなくては僕は行動できないのだと、この時分かった。

よくよく考えれば、最近はすべてこれに当てはまる。彼女無くしては僕は存在していないのだ。別の新しいことに挑戦するようになったのも、最初に彼女が褒めて、喜んでくれたからで、家事だって彼女の生活を支えられているから、頑張っていただけで、昔はあんなにちゃんとしてはいなかった。

僕が東京に来てからの一年でした経験の全てには必ず横に彼女がいた。

彼女が喜び、嬉しがり、褒めてくれるから僕は行動できたのであって、彼女の後ろをただついてまわっていた高校生の時と変わっていなかった。

僕は、行く先があるわけでもなく、ただ歩き続けた。気づけば、人通りが多くなっており、駅の近くまで来ていた。壁面にくくりつけられている時計を確認すると、十八時を過ぎており、空が暗くなっていた。下ばかり向いて歩いていたせいで、日が落ちたことに気がつかなかった。

空に日がなくなったことで一気に寒くなり、上着を着てこなかったことを後悔した。

きっと、彼女も凍えているだろうと思った。そこで、帰ろうかとも思ったが、やはり帰る気にならず、その夜は一晩中、歩き続けた。

あてもなく彷徨っている姿は昔の自分を思い起こさせた。夢や目標もなく、毎日を過ごした学生生活。いつか、やりたいことが見つかると思っていた。それが向こうからやってきて、僕を見つけてくれると考えていた。

でも、そんなことはなかった。自分から動かなければ、それは決して見つけることはできないものだった。それに気がついた時はもう手遅れだった。だから、彼女を応援しようと思った。いつしか、彼女の夢が僕の夢になっていた。彼女が夢を叶える姿を近くで応援することで、僕も夢を実現できる人だと、そうなれると思っていた。

他力本願だと自分でも思う。でも、そうするやり方しか僕にはできないのであった。努力して失敗することを考えると、僕はこれ以上、傷つきたくなかった。僕には成功体験も愛情体験もない。きっとそんな違いが僕と彼女の差なのだろう。でも、別に不思議なことじゃない。

何なら、僕と同じような人の方が多い気さえする。全員が夢や希望を持って生きているわけじゃない。無難に道を踏み外さないように生きている。そんな人が大多数で、熱く燃えて前進している彼女のような人は圧倒的に少数である。

この街を見て、そこに生きている人たちを見ていると、それが証明される気がする。だって、今の僕に誰も声をかけたり、歩み寄ってくる人はいない。みんな、この冷たい空気のような表情を顔に貼り付けている。僕もそうだった。

僕は冷たい人間だった。だから、温かい人のそばに近づきたくなり、時に影響を受け、時に嫉妬し、羨ましいと、冷たい人間ならではの感情を振りまく。無関心を装えばいいのに、それが出来ず、曖昧に安易に人を傷つけ、冷たい人間を増やそうとする。

僕のこの冷たさは過去からのものだった。いつか、彼女と僕の関係に変化がないといったが、それは僕の方だけだった。僕にだけ、進む道が見えていないのであった。彼女と僕との差は広がっていき、そして今、本当に離れてしまった。見ての通り、彼女がいないと糸の切れた凧のようにふらふらと歩き続けることしかできなかった。

いつしか、周りに人は居なくなり、僕しか存在しなくなった。それでも、人の気配だけはひっそりと感じることができた。今まで来たことのない場所で、それはほんの少し、僕の心を安心させてくれた。でも、それが彼女が与えてくれたものでないと分かると、急にそこにいるのが嫌になり、また歩き始めた。

誰も感じることのない場所へ行きたかった。しかし、何もかもが密集しているこの街で、一人になれる場所はなかった。こんな時間でも人とすれ違い、仕事をしている人がおり、家々の明かりの下で愛しい家族と過ごす人たちを感じることができた。

一見、誰もいない場所でも、そこに誰かいるような、空虚な実感を感じた。この街は、東京は人の残滓でいっぱいだった。

僕はなぜだか考えた。答えは案外簡単で、僕みたいな人が多いからだと結論した。ここにいる人たちは、みんながみんな一人ではいられないのだ。心に寂しさを持っているのだ。だから、見ず知らずの人たちとこんなにも近くで、もたれ合うように生活し、さらに人を集めようと建物を増殖させ、人を取り込もうとしている。これでもかと、まだ足りないといった様子で、人を増やし続けた結果が、東京に蔓延る人の残滓の正体だ。

僕はこの街と僕が似ていると思った。人の愛情に飢えているという点で一致していると思った。それが分かると、急にここに住んでいる人たちに共感することができた。が、同時に一人になれた気もした。

僕はこの寂しい街をさらに歩き続けた。この街の奥地に何があるのか、もっとこの街の正体を暴きたいという感情に駆られた。それが大したものでないことは、すでに理解していたが、完全に一人となった今、僕を止める術はなかった。

僕は歩いた。

もう歩けないとなったところで、僕は足を止めた。顔を上げるとそこは見覚えのない景色が広がっていた。

どれだけの距離を歩いても結局、僕が見たいと思ったものは見つけられなかった。身体も心も疲れ切っていた。身体の中が空っぽになっていることを感じた。

今自分がどこにいるのか見当もつかなかった。ただ、その時感じたのは綺麗なところということだった。

東京の街はどこへ行っても風景が変わらないと思っていたが、端正に整えられて並ぶ建物の峰は不恰好でありながらも、荘厳な出で立ちに思えた。

東の空には太陽が顔を出し始めており、それがビルの隙間から見える位置を必死に探した。

その日の光は暖かな色をしており、白く輝くいつもの太陽とは違い、夕日ではないかと錯覚してしまった。徐々に日が昇りだし、その姿が全て見えるようになると、光は拡散し、ビルに影を生んだ。僕も影の中に入ったが、その中から見た太陽の光は今まで見たどの朝日よりも美しかった。

また、それは太陽だけが織りなし、作り出しているのではなく、この街全体がこの美しさの一要因であるのだと気づいた。

今までは僕がこの美しさに気がつかなかっただけで、見方を変えれば、こんなにも美しいものが隠されていたのであった。

僕は自然に涙が出た。眩しさのあまり目を逸らし、街に目をやると、見覚えのなかった景色に既視感を覚えた。

そこはいつか彼女と来たことがある場所だった。

なぜあの時は気づくことができなかったのか、不思議であったが、おそらくそれは今、僕が一人でいるからであると思った。

この発見は僕だけの力で成し遂げた偉業だった。

「帰ろう」

彼女のことを思い出し、僕はまたそこから歩いて帰った。一晩かけて歩いたわりにはまだ身体は動き、足はしっかりしていた。

家に着いたのは九時過ぎくらいであり、流石にクタクタになった。

部屋に戻ると、彼女の姿はどこにもなかった。部屋を出た時と様子が変わっているのでよく観察すると、彼女の荷物が少し減っていた。

一度、帰ってきていたことに安堵してから、僕は何が無くなっているのかを確認した。彼女が持って行ったものから、どこへ行ったのかの見当をつけた僕は机に目をやると、昨日書きかけた手紙がそのままになっていることに気づいた。

一瞬、どちらにしようか迷ったが、今会うよりはこっちの方が適切ではないかと思い、机の前に腰を下ろした。

僕は書きかけの手紙を丸めて、ゴミ箱に捨ててから新しく手紙を書くことにした。

この手紙が届く先である愛しい人のことを思いながら書いた。途中、何度か書き直してできた手紙の内容に恥ずかしさを覚えながら、手紙を出すためにポストに向かった。

手紙を書くのはこれが初めての僕は出すのに緊張して、何度か諦めかけた。とはいえ、出さないという選択肢はないので、何分間かポストの前で格闘した末、投函することに成功した。周りからは絶対変な人に見えただろうなと思ったが、構いはしなかった。

用事を済ませ終えた達成感から空腹を感じ、近くのファミレスに入った。一人で入るのは初めてだったが、意外とすんなり入れたことに驚いた。

席に通され、何を頼もうか迷っていると、絶対彼女が頼みそうなものに目が留まった。写真から見るそれは確かに一番美味しそうであり、頼んでしまう理由がわかる気がした。

今度、作ってみようと思い、味の参考がてらにそれを注文した。

注文したものが届く間にあることに気がついた。もし、手紙が届く先に彼女がいなかったらどうしようということだ。

今さら気づく自分に苦笑いしてしまった。その時はお母さんに謝って、彼女がどこにいるか聞いてもらおうと思った。

八

彼女が出て行ってから数日後。僕の携帯に電話がきた。鳴った時に驚いてしまい、読んでいた本を落としてしまった。

携帯を取った瞬間、この機器に触るのはいつぶりであっただろうかと思った。確か、高校三年の時に、すぐに連絡が取れないのは不便だからと彼女に言われ、持ちたくはなかったが、生活費の他に使うあてがなかったバイト代を使い買ったのであった。彼女と生活するようになってから、使う機会が減り、ずっと充電器に差しっぱなしになっていた。

携帯に被っていた埃を払い、開くとボタンがきちんと整列していた。どこのボタンを押せば電話に出られるんだっけと思い、携帯に急かされながら、押すべきボタンを思い出し、電話に出た。

誰からかを確認するのを忘れたと思ったが、この電話番号を知っているのは一人だけだったことを思い出した。

「……」

「……」

かけてきた電話の主が何も言わないので、僕はどうしたらいいか分からず、つられて黙ってしまった。

この場合、どっちが先に話し始めるべきなのかという電話の礼儀を全く知らない僕は相手の声が聞こえるのを待った。

数秒後、相手も何も言わないので、相手も僕の声を待っているのだと思った。

二人して、黙ったまま携帯電話を耳に押し当てている状況を想像し、思わず笑ってしまった。

それは電話の向こう側の相手も同じようであった。

僕らは電話越しで笑い合った。

「もう、何で何も言わないの。返事してくれないから黙っちゃったじゃん」

どうやら、今回は僕に非があったようだ。

「ごめん。電話慣れてなくて」

彼女に怒られたが、それが本気でないことは声の調子ですぐに分かった。

そんなに二人で黙りこくっていたのが面白かったのか、彼女はしばらく笑っていた。

今、僕らの間にはどれくらいの距離があるのだろうか。途方もなく離れているはずなのに、すぐ近くに彼女がいるようで不思議だった。

もう十分なのか彼女の笑い声が止んだ。

「あ、あのーえーと。まずは手紙ありがとう」

どうやら、手紙がちゃんと彼女の元に届いていたようで安心した。

「すごく嬉しかった。ユウキくんの思いがいっぱい詰まってて、号泣しちゃった」

それを聞いて、恥ずかしくなった。あんまり、僕らしくなかったかなと、今思った。

「それとね、あの時はいきなり叩いちゃってごめん」

僕は頬を自然に触っていた。痛みはもうなく、彼女の手の感触だけが残っていた。

「ううん。気にしてないよ。多分、僕以上に君の方が痛かったと思うから」

少し黙ってから彼女は言った。

「あの時ね、私の好きなユウキくんがいなくなっちゃったように感じたの。好きな人に言葉にしてほしくないことをいっぱい言われて悲しくて、それでつい手が出ちゃったの。本当にごめん」

「そうだったんだ。僕はてっきり嫌われちゃったのかと思ったよ」

「そんなことないよ」

彼女の強い否定で安堵した。好きな人に嫌われることほど、辛いことはない。

「よかった。それが聞けて安心した」

「私たち初めてケンカしちゃったね」

「そうだね」

「でも、もう仲直りでいいよね？」

「うん。君が良ければ」

「はー、よかった」

大きく息をついた彼女は余程、緊張していたのだと思った。

僕らの初めての喧嘩。僕にとっては人生で初めての喧嘩であったが、終えてみて、もう二度としたくないと思った。

「あーそれとね、今私がどこにいるか分かってるとは思うんだけど……」

「うん。何となくは」

「本当にごめん。君より先にお父さんに逢ってきちゃった」

相変わらずの行動力だなと思った。彼女とも長い付き合いだ。何をしにわざわざ地元まで戻ったのかは容易に考えがついた。

「どうだった？」

彼女は僕に咎められるのかと考えていたのか、僕の問いに困惑していた。

「怒ってないの？」

「何で怒るの？」

「だって……」

歯切れが悪くなり、何やら電話越しでゴニョゴニョ言っていたが、聞き取ることは不可能だった。

彼女を責める気など毛頭なかった。むしろ、彼女が関係を取り持ってくれようとしたのだから、僕は彼女に感謝しないといけない。

「君は僕のために父と再会させてくれようとしたんだよね」

「うん。そう」

「じゃあ、僕に君を怒ることはできないよ。むしろ、こっちこそ気を遣わせてごめん」

急な謝罪にまたもや、困惑している様子だった。

「会う勇気が僕になかっただけだったんだ。過去のことを忘れようと努力しても、忘れられないことがどうしても一つだけあって。もしかしたら、君は気づいてるんじゃないかな？」

「うん。具体的にどうとは言えないけど。何となく」

「いつ気づいたの？」

「ユウキくんの昔の話を聞いて私が泣いたって伝えた時にユウキくん『僕は泣けないか

ら』って言ってたでしょ。それがすごく引っかかって。たくさん泣いたからもう泣けないって意味かとも思ったけど、ユウキくんの部屋に何度も通っているうちに何か自分のことを責めてるように感じたの」

彼女の感性には驚かされる。本当に彼女に思考を読まれたのかと思った。確かに生活の中で贅沢をしないように、自分が幸せにならないように気をつけていた。だから、部屋には必要最低限のものしか置かず、好きな本も買わないようにしていた。自分だけが幸せになってはいけないと考えていた。

まさか、それを半分でも見抜かれているとは夢にも思わなかった。

「君はすごいね」

「ユウキくんはどうして、私がユウキくんが自分のことを責めてることに気づいたと思ったの？」

「君が僕を父のところへ行くよう説得してくれている時に君は僕が父のところへ行けば『自分を許してあげられるよ』ってそう言っただろう。その時、気づいたんだよ」

彼女のそのひと言。最初は何を言っているのか理解できなかったが、一緒の時間を共有してきた僕らなら、考えていることも自然に共有されていてもおかしくないなと思い、気づくことができた。

「私そんなこと言ったっけ？」

「思いっきり言ってたよ」

「うー、まだ聞かないでおこうと思ってたのに」

たとえ目の前にいなくとも、露骨に落ち込む彼女の姿が簡単に想像できた。

「でも何で。ユウキくんが責められるところなんてどこにもないよ」

「あるよ」

僕が今まで、誰にも吐露することができなかった思いを彼女に打ち明けた。

「僕がいなかったら、二人だけだったら、父は変わってなかったと思う。僕が父をあんなふうにしてしまったんだよ」

僕の記憶の中の父は恐い人というだけではなかった。いつも酒に酔って、意識ははっきりとしてはいなかったが、それでも父はいつも僕の側にいてくれた。殴ったあとも、必ず、泣いて僕に謝ってきた。あの声が忘れられなかった。確かに父は僕のことを愛してくれていた。

「僕のせいで家族が不幸になってしまった。だから、僕だけが幸せになるわけにはいかないって昔からずっとそう考えて生きてきた」

彼女は黙って聞いてくれていた。心なしか泣いているようにも感じた。

「でも、そんな僕を君は許してくれた。君が代わりに泣いてくれたから、もういいんだと思った。だから、たぶん僕は君に甘えてしまっていたんだと思う。君が僕の過去の清算をしてくれたんだと勝手に思い込んで、自分で考えることをやめたんだ。君が僕のことを考えてくれるからもうそれでいいやって。本当はそれじゃだめなはずなのに。そんなんじゃ、君に相応しい男になれるわけないのに」

彼女に対しての思いが、僕の心を通して、どんどん出てきて、僕の前をいっぱいにした。目頭が熱くなって、視界が滲んできた。

「本当にごめん」

心からの謝罪だった。そしてそれは、僕が過去と本当の意味で決着をつけるための決意の意味を込めた言葉でもあった。

もう、僕に隠し事はなかった。今度は彼女の番だった。

「謝らないで。ずっとそんなふうに考えて生きてきて、辛かったね」

「でも、君のおかげで最近は辛くなかった」

「私ね、私の家族が大好きなの。だから、ユウキくんにもそうなってほしかったの。自分の家族を恨んでいてほしくなかったの。でも、本当はそんなんじゃないって分かって良かった」

彼女は本当に良かったというように、安堵していた。それから、少し黙って、真剣な口調になった。

「あのね私、ＡＤＨＤっていう病気なの」

突然の彼女の告白に戸惑った。その病名は施設にいたころ、何度か耳にしたことのあるものだった。

「発達障害の一つで、不注意や多動・衝動っていうのが主な症状で、先天的な脳の発達が原因なんだって。それに気づくまでは、よく学校の先生に忘れ物して怒られたり、友達とトラブルになったりして、自分でも気をつけなきゃって思うんだけど、じっとしてられなかったり、思いついたら行動してて、今でもたまにやっちゃうんだよね。小さい時はそれが原因で学校に行きたくないって毎日思ってた。それをお母さんが気づいてくれて病院に連れて行ってくれたの。これが病気なんだって分かった時はすごくショックで落ち込んだけど、家族のみんなが私を支えてくれて、どうしたら、病気に打ち勝てるかを真剣に考えてくれたの。解決策をみんなで出しあって、それを実践したら、うまく生活が回るようになって、また学校に行けるようになった。中学、高校はお父さんの提案で私のことを知らない人たちのところへ行ったら、友達がたくさんできて、学校が好きになって、毎日が楽しくなったの。でもね、でもみんなは本当の私を知らなくて、私はみんなに嘘をついてるんじゃないかなって思うようになったの。だって、みんな私が病気なんだって知ったら、そういう目で見て、私と接してくるでしょう。そんなのは嫌だけど、でも本当の私を知ってる人はここにはいないんだって思うと悲しかった。でもね、高校で君と出会って、君が私が嫌いだったところを良いところだって、好きだって言ってくれた時は、死ぬほど嬉しかった。みんなのことは友達だと思ってたけど、私の中で君は特別な人になったの。私とは比べ物にならないくらい、深い傷を自分だけで背負ってて、それでも一人の力で生きてる君を本当に尊敬した。私は人の力を借りてなかったら、今こうして、ここにいないと思う。それは家族のおかげだって強く思ってる。私が家族に執着する理由はそういう過去があるからで、だからね、ユウキくんにも会える家族がいるなら、会ってほしいの。会って仲直りしてほしいの。家族って友達とは違った特別な人たちで、その人たちのおかげで私も君もこうして出逢えることができたの。毎日、楽しく笑って、たまには泣いて、そういう大切な毎日が過ごせるの。だからね、ユウキくん。お願い、お父さんに会ってあげて。お父さん、ユウキくんのことずっと待ってるよ」

もう我慢の限界だった。涙が溢れ出てくるのを止められなかった。

彼女の過去の話。どうして、僕のことを好きになったのか。それら全てのことを考えていると、彼女のことが愛おしくてたまらなかった。彼女も僕と同じで、傷ついてきたのだ。

僕らの違いは本当に細やかなもので、過去の彼女を支えてくれたものが今の僕にもあるのだという事実が本当に嬉しくて、涙が止まらなかった。

僕が返事を出来ずにいる理由を彼女も分かっているのか、彼女は何も言わずに、僕のことを待っていてくれた。

まだ涙が出て、声が出しづらかったが、僕は声を振り絞って、彼女の思いに答えた。

「うん。分かった。会うよ」

その答えに彼女は涙を流した。嬉し泣きをして、僕も泣き止むことができなくなった。しばらく、二人で泣き続けた。泣いている途中、彼女に無性に逢いたくなった。触れたくなった。それができないことにもどかしさを覚えた。

心はどんどん惹かれ合い、近くに彼女を感じているのに、その姿が一向に見えないのが嫌だった。もう彼女と離れていることに耐えられなかった。

僕らはまだ半べそをかきながら、僕らが共有できなかったこの数日のことを話し合った。

時折、笑う彼女の声が可愛らしかった。

「お父さんと会ったとき。あ、お父さんってユウキくんのだよ」

「分かってるよ」

「二人そっくりで驚いちゃった。ユウキくんの何十年後かの姿を見てるみたいだった」

「そうなんだ」

「会ったら、驚くと思うよ」

「楽しみにしとくよ」

「うん」

もっと共有できなかった時間分を埋めたいと思ったが、流石に時間切れがきた。

最後に僕らはこの先の予定を話した。

「お父さんがね。ユウキくんが今、東京にいるって話をしたら、許可が出たら自分から会いに行くって言ってたよ」

「うん。分かった」

「大丈夫そう？」

「たぶん。君も一緒に帰って来るの？」

「そうしようかとも思ったんだけど、せっかくの家族水入らずの邪魔しちゃうとあれだから待ってるよ」

「分かった」

「会った後、私のこと迎えに来て。私の家族もユウキくんに会いたがってるから」

「分かった。必ず迎えに行くよ」

「うん。これからお父さんにこのこと伝えるから、たぶん会えるのは明日になるかな」

「分かった。気をつけて来るように言っといて」

「うん！」

僕らは電話を切った。すると、急に緊張が襲ってきた。自分だけで父と再会することになるとは思っていなかったので、心細さを感じた。

僕はカレンダーに向かうと、明日に丸く印をつけた。カレンダーの月を見て驚いた。もうこんなに今年が消費されていたのかと思った。

彼女としたお花見をするという約束まで、もうそんなに時間がないことに気がついた。

僕はじっとカレンダーを見続けた。丸く付けた日にちが僕ら二人を表しているようだと思った。

僕と父が再会する日。

それは三月十一日だった。


十数年ぶりに父と再会する日。昨日は緊張であまり眠れなかった。布団に入ったのは十一時過ぎで、そこから何時間か布団の中で格闘したが、すればするほど、眠気が引いてしまい、時計を見ると午前二時を回っていた。寝ることを諦めてこのまま朝を迎えようかと思っていると、いつの間にか意識がなくなり、起きる頃には午前中がほとんど残っていなかった。

いつもと違う異常な始まり方をした今日。僕の胸はざわついていた。何をしようとしても臆病になり、手につかなかった。

いつ、部屋のチャイムが鳴るのか気が気ではなかった。とはいえ、ここ最近、一人だったため、まともに買い物をしておらず、部屋には何もなかったため、これではお客を迎えられないと思い、気を紛らわすためにも外で買い物をすることにした。

いつも歩いて十分ほどにあるスーパーに向かった。ここに来るのも久しぶりだなと思い、僕は父を迎えるために必要なものを買い揃えた。何が好きなのか皆目見当がつかなかったので、彼女が好きなお菓子と飲み物を買った。

のんびりしていたつもりはなかったのだが、時計を見ると、大分時間が進んでおり、急いで帰ることにした。

久々に遠くまで外に出たので、風景が変わって見えるかと思ったが、変化はなかった。あるのは騒がしい胸の音だけだった。刻一刻と時間が過ぎていくのと比例するように心臓の音が体内で大きくこだました。緊張から来たのだろうか、吐き気がする。呼吸も浅かった。

僕は苦しくなって公園のベンチに座った。座っても心臓はまだ騒がしかったが、気持ちを落ち着けることはできた。

公園では子どもたちが各々の遊びを楽しんでいた。ある子は滑り台に、ある子はブランコに、ある子は雲梯にぶら下がっていた。

子どもたちを眺めていると、ある子が走っている最中に転んだのか、地面に伏せたまま泣いていた。すると、どこからかその子の母親らしき人が子どもを起こし、膝小僧のあたりを叩いている姿が見受けられた。

子どもはわんわん泣いていたが、母親の顔を見て安心したのか、すぐに泣き止み、そのまま帰路についた。

僕は自分の膝に視線を落とし、あんなことをしてもらったことがあっただろうかと、記憶を探った。残念ながらそんな記憶は見つからなかった。思い起こせば、転んで怪我をした記憶すらなかった。

子どもの頃から走るのは苦手で、小学校の運動会も何度もズル休みをした。何となく、みんなで熱中して、競い合うことが僕にはできなかった。

そういえば、彼女の足は生傷が多かったような気がした。高校生の頃、スカートから伸びる足を見て、そう思った記憶がある。

僕のものと比べて、傷の多い彼女の足は彼女がこれまで歩んできた道のりの険しさをそこに刻んでいるかのようだった。

今も僕の足には傷一つないまっさらなままだ。もしかしたら、僕は子どもの時期から一歩も進んでいないのかもしれない。

いつかこの足に僕が進んだという証しを刻むことができるのであろうか。

自信はなかったが、今日はその一歩かもしれないと思った。

心を占拠していた緊張はいつしか、そのなりを潜めていた。

僕は帰ろうと思い、足を家の方へ向けた。

寄り道をしてしまったせいで、もしかしたら、もう来ているかと思ったが、どうやら間に合ったようだった。

僕は部屋に上がると、腰を落ち着ける前に簡単に出迎えの準備を済ませた。

準備が終わり、することがなくなると、また緊張と不安が襲ってきそうだったので、テレビを観ることにした。テレビの画面に映し出された時計は十四時を刻んでいた。

テレビの番組は退屈なものばかりで、食べ物のお店の特集ばかりだった。

「平和だな」

テレビに向かって、僕は呟いた。

一体、今日の僕のように人生で劇的なことを迎える人は何人ぐらいいるのだろうと考えた。

今日という平日をいつもの同じ日として過ごし、学校へ行ったり、仕事へ行ったり、家事をしたりと毎日、繰り返さなくてはいけないことをしている人が大多数であろうなと思い、十数年、疎遠になっていた家族と再会するのは僕くらいであろうと思った。

考えるまでもないことだった。みんなにとって特別な日などない。

ただ、特別な日は誰の人生でも巡ってきて、今日それがたまたま僕に巡ってきた。それだけだ。

テレビの時計は順調に進んでいた。数字がどんどん大きくなるたびに、僕の胸はまた騒ぎ出し、緊張を大きくしていった。できることなら、時間が進むのを止めてしまいたかった。これから起こることが僕の元へ来ないように、永遠に止まってほしかった。

馬鹿げたことを思いついたなと自分で自分を笑った。

僕はなるべく、平静を装おうと思い、本を手に取った。それでも、心は大きく振動し、僕を揺らした。

確かに揺らした。

揺れていた。

僕の揺れに共鳴しているのか、机も本棚もテレビも揺れていた。それは長く、地震だと気づくのにそう時間は掛からなかった。

期せずして、三月十一日は特別な日になった。東日本の沖合で起きた大きな地震はそのまま津波となり、僕の故郷を丸ごと飲み込んでしまった。連日、その報道ばかりが繰り返され、大きく黒い津波が建物や車を押し流す映像を僕は見ていた。見ていることしかできなかった。

その日に父がここに姿を現すことはなく、僕はというと、ずっと部屋にいた。テレビをつけっぱなしにし、何もできないまま、テレビが伝えてくれる情報を無心で眺めていた。

そんな日がずっと続いた。僕は動かなくなり、いつも彼女が寝ているベッドに突っ伏した。枕からする彼女の匂いは甘く、彼女の使っていた毛布は彼女のように温かかった。

動く気力がなく、手や足を動かすのが面倒になり、動かさないでいると、本当に使えなくなった。手足が動かないので、ご飯を食べなくなり、脳の動きが鈍くなった。脳が働かなくなると、体の全器官もその活動をやめ、僕は常に意識が混濁していった。

唯一、動いていたのは心臓と鼻だけだった。テレビが教えてくれる情報は目にも耳にもとまらず、理解できなかった。それなのに、彼女の匂いだけは鮮明に感じ取れ、鼻は敏感になっていた。

数日前まで感じていた空腹感ももう襲ってくることはなくなった。

前にもこんな状態を経験したことがあったような気がしたが、脳が動かせないため、思い出すことはできなかった。

何も見えず、何も聞こえず、何も感じないと人の心はどうなってしまうのだろう。そんなことが浮かんだが、すぐに消えた。

どうやら、心までも活動を停止させたようだった。

起きているのか、寝ているのか。現実なのか夢なのか。夢ならばいいのになと漠然と思った。どうして、夢ならいいのか。その理由は分からなかったが、考えるより先に意識が遠のいた。

不思議な体験をその時した。身体は横になって目を瞑っているのに意識がはっきりとしていた。目を開けようとしたが、自分の身体ではないのか、いうことを聞いてくれなかった。夢であると思ったが、夢とは違う感覚だった。すると、意識と身体が遠くなるのを感じた。意識ははっきり保っているのに、身体から離れていくおかしな感覚がした。

身体の重みを感じない自分は立っているのか、横になっているのかさえ、分からなかった。

その時、単に死ぬのだと思った。

そう事実を確信しても、単なる現象の一部として、淡々と受け入れてしまった。そこに恐怖も畏怖も人間的なものは一切なかった。

「ピンポーン」

聞きなれない音に驚き、停止していた何もかもが一瞬だけ、その機能を取り戻した。

さっきまでの世界は跡形もなく、見慣れた僕と彼女の部屋に僕は帰ってきた。

「ピンポーン」

何度も繰り返し鳴っている音が僕たちの部屋の呼び鈴であることに気づくまでに時間がかかった。

僕は反射的に行動し、重い身体を起こして立ち上がった。ふらふらとよろめいてはいたが、立って歩けた。

ドアの前にやっとの思いで着くと、脳に血が回ったのか、少しではあったが、思考ができるようになった。

この部屋を訪ねてくる人物は一人しかいない。

僕は願うように、ドアを開けた。

そこに願った人物はおらず、知らない男が立っていた。

「やぁ、久しぶり」

こんな人と会ったことなど一度もなかった。最初は間違えて訪ねてきたのだと思った。

「大きくなったな」

そんなことを言われる筋合いなどなかった。初対面の人間にかける言葉としてはひどく不釣り合いだと感じた。

そんな言葉は久しぶりに会った近親者に対して、使う言葉だった。

その人は一瞬、ニコッとした。この初老の男は何をしているのだと疑問しか浮かばなかった。どうやら、敵意はなく、どちらかと言えば、好意を僕に向けていた。

僕に対して、好意を向けてくれた人は今、ここにはおらず、ましてやこんな奴ではなく、女の子だった。

僕は不審がり、ドアを閉めようとした。

「太陽。元気だったか？」

僕は僕の名前に反応した。その名前を呼んだことがあるのは彼女と幼い記憶にあった父だけだった。

その時、やっとこの眼前の男が僕の父親であることに気が付いた。

昔の記憶は思い出しづらく、ぼやけてはいたが、思い出せる限りを尽くし、その男を見ると、少しではあったが父の面影があった。黒かった髪は白髪の方がその範囲を広くし、大きかった父は今では僕と同じくらいの背丈であった。

僕は成り行きでその人を部屋の中に入れた。部屋は散らかってはいなかったものの、カーテンを閉め切り、換気もしていなかったため、空気が悪かった。

久々にカーテンと窓を開け、新鮮な空気と光が部屋を満たした。

父はあまりにも憔悴しきっている僕に心配そうに声をかけてきたが、今はどんなことにも無関心となっており、その言葉を聞き流した。

僕はいつも彼女と、そうしていたように、父と向かい合わせで座った。いつも彼女が座っている位置に他人が座っている事実に、彼女は本当にどこかへ行ってしまったのかと思った。

しばらく、無言の時間が続いた。僕には話すことなど何一つなかったが、向こうにはあるはずだと思い、促すこともせず、ただ机の角を眺めていた。

男は覚悟を決めたというように話し始めた。

「すまん。もっと早く来るべきだったのに、あんなことが起こって、行くのを躊躇ってしまった。あの子と連絡は取れているのか？」

僕は顔を横に振った。何度、携帯にメールを送っても、一つも返信は返ってこなかった。

「無事に避難してくれているといいな」

そう願いが込められた言葉には悲しさが滲んでいた。

僕も願った。チャイムが鳴って、僕が部屋のドアを開けると、そこには彼女が立っていて、いつものように「ただいま」と、そう言って帰ってきてくれることを何度も願った。

でも、来たのは父だった。だから、たぶんもう彼女は……。

最悪な現実が頭に思い浮かんでも、僕の心が停止していたおかげで、何も感じることはなかった。

「お前はだいぶ、窶れているが平気か？」

僕の父親にしてはハキハキと喋る人だなと思った。腹の底から声を出して、この距離では不要なほどに声が大きい。誰かさんにそっくりだった。

僕は今度は無言でその問いに答えた。会話が続かないからか、父の方も困ってしまった。

僕は親不孝者だった。来てくれると分かった日の夜、あんなにも眠れなかったのはどんな会話をしようか、頭の中で何度もシミュレーションしていたからであって、今はそれが何一つ活かすことができずにいた。

これじゃあ、彼女と約束した仲直りはできないなと思った。

「そうだ。その……」

無言が苦手で耐えられなくなったのか、何かを告げようとした。しかし、今言うべきなのか葛藤して歯切れが悪くなっていた。

どことなく、彼女と似ているところが多い印象だった。

「父さんな、ずっとお前に謝りたかったんだ。酷いことをしてしまって本当にすまなかった」

本当に今さらだなと思った。今、そんなことを言われたところで、何の意味も価値もなかった。

この人との過去の全てがどうでもよくなっていた。それよりも僕の関心は全く別の先にあった。

「会社が倒産してしまってから、なんとかお前と母さんを食わせようと必死に次の仕事を探したんだが、どこへ行っても、仕事に就けなくてな。焦って酒に逃げてしまった。酒を飲んでいる間は嫌なことを全て忘れられて、二人のことがどうでもよくなった。気持ちが昂って横柄な態度をとっていると、自分が偉くなった感じがして、気分がよくなって二人に強くあたるようになった。そのせいで、母さんが出て行ったのが分かると、それが悲しくて、寂しくて、お前に固執するようになった。お前にはどこにも行ってほしくなかった。

だから、あんなことを……」

感情がつっかえとなり、言葉が出ないのか、胸の辺りを押さえ、何かを振り払うように

また話し始めた。

「それから、お前が外に出た後、父さんは捕まって、極度のアルコール依存症であると診断されて、入院することになった。何度も入退院を繰り返す日々が続いて、自分でももうだめだと思った。そんな時に、病室に来たカウンセラーがお前のことを思い出させてくれた。もう一度、子どもに会うために治療して、同じ境遇の人たちが集まる場所にも行って、何とか正気に戻ることができた」

この人が壊れた理由が今の僕には理解することができた。ちょうど、今の僕と同じようなことだったのだろう。家族を守らなければならないという重責に押しつぶされそうになる毎日。それに追い討ちをかけるように大切な人がいなくなった悲しみでどうしていいのか分からなくなってしまった。そしてそれを埋めたかっただけだ。僕が彼女に固執しているように、父は僕に固執した。僕が受けた暴力は憎しみからではなく、愛ゆえであった。

それが確認できてよかった。

初めて、僕が父を理解できた瞬間だった。

「お前に会いたい一心で、何とかここまで来れた。本当はもう会えないと諦めていた。で

もそんな時にあの子がやってきて、お前の居場所と今どうしているのかを教えてくれた。最初はお前に酷いことをした俺を怒っているようだった。でも話をしていくうちに自分のことのように泣き出して、俺にまで同情してくれた。本当に優しい子だった」

父の口から語られる彼女を僕は全て知っていた。きっと彼女ならそうするだろう。彼女の優しさで照らせないものはない。

「こんな優しい人が息子を好きになってくれて嬉しかった。いい人を見つけたな」

「……」

なぜ、自分のことのように喜ぶのか、わからなかった。子どもにとって嬉しいことは親にとっても嬉しいことなのかと思った。それが親というものなのだろうか。

「お前がこれまでどんな人生を送ってきたのか想像して、辛い思いばかりしたんじゃないかと思って心配で申し訳なかった。近くに居てやれなかったことを後悔した。でもあの子の話を聞いて、ちゃんと幸せな思いもしてきたんだと、ちゃんと生きてきたんだと分かって本当に安心した。許してくれとは言わない。恨んでくれて構わない。本当にすまなかった」

深々と頭を下げる父に何と言葉をかけてあげるべきか悩んだ。

僕はこの人に恨み節の一つでも言いたかったのか、それとも、謝ってほしかったのか。

どちらも違った。僕は父とどうなりたかったのか。思ったことが形にならなくてもどかしかった。

口にするべき言葉を探していると、父は頭を上げてしまい、僕は言うタイミングを逃してしまった。

父は着ていた背広のポケットから一枚の紙を取り出した。

それは手紙のように見えた。父はそれを僕に差し出した。そこに父の思いが書かれているだろうと思い、手紙を受け取り、目をやると、驚いて父を見返した。

初めて、今日父と顔を合わせた瞬間だった。

手紙の差し出し人は彼女だった。

「あの子からそれを預かってきた。話し終えたら渡してほしいと言われた」

それだけ言うと父は立ち上がった。帰るのであろうか、僕はまだこの時になっても、かけるべき言葉が見つけられていなかった。

彼女からの手紙の出現で気持ちも思考もバラバラだった。

何となく、玄関までついて行った。早く言葉が見つからないかハラハラした。

父はドアを開け、外の光に包まれてから、振り返ってこう言った。

「幸せになれよ」

そうひと言言って、ドアが閉じられた。

ドアのバタンっと閉まる音で僕は我に返った。握られた彼女の手紙を見つめ、自分が情けなくなった。彼女との約束を僕は忘れていた。それは彼女の思いを踏み躙る行為で絶対にしたくないことだった。

僕の止まっていた心が動き出した。感情が身体も満たし、衝動的に行動した。

僕はドアを開け、後ろ姿の父をその目に捉えた。

ドアが開かれた音が聞こえたのか父は振り返った。今日、二度目の顔が合った時だった。

彼女が言うように少し、僕の面影があるように思えた。

「ま……」

声が掠れて、何も言葉にならなかった。新鮮な外の空気が口に入り、喉が痛くなった。

必死に声を出そうともがいているのを父も理解したのか、黙って待っていてくれた。

「ま……た」

徐々にではあったが声に芯が出てきた。

僕は一度、深呼吸をし、息を整えた。

僕が持てる最大限の勇気を振り絞り出して、父にこう告げた。

「また、会おうね」

いい歳の男が父親に対して言う言葉にしては、えらく稚拙で幼い子どものようだった。

父はというと、驚いた顔をしていた。それも一瞬ですぐに顔は綻んで優しいものになった。

父は何も言わない代わりに手をあげて応えた。

久しぶりに見た父の背中は立派でこそなかったが、長い年月を経て、いろいろな労苦と困難を乗り越えた父親の背中だった。

父を見送り、部屋に戻った僕は彼女の手紙を読むことにした。

手紙を開けたとき、読むのが勿体なく、怖い気持ちになった。そこに書かれている文字は紛れもなく彼女の字であり、彼女の思いであり、心であり、彼女そのものだった。

「拝啓　結城太陽くん
君が私に手紙を書いてくれたので、私も君の真似をして手紙を書いてみました。もらった手紙が嬉しくて、つい何度も読み返してます。
君の気持ちがたくさん詰まっていて、昔と比べると本当に感情が豊かになったよね。
高校生の時の太陽くんはぶっきらぼうで何か怖かった。いつも一人で本を読んでて、まるで一人でいなきゃいけない人なんだって思った。そんな君を私はずっと見ていたの。気づいてた？　私たち三年間ずっと一緒のクラスだったんだよ。何度も席が隣になって、ずっと君に話しかけたかったけど、私に勇気がなくてできなかった。どうしようか迷ってた時にあの図書室で一緒になって、もうこれは話しかけるしかないと思って話しかけたの。そうしたら、結構優しくて、いい人だなって思ったの。それなのになんで人と関わりを持たないのか疑問で、それが知りたくなって遊びに誘ったの。最初は来てくれるか不安だったけど、優しい君は毎回、ちゃんと来てくれた。会うたびに君のことが知れるのが嬉しかった。もっと君のこと知りたいと思ってたら、過去のことを知って、何で君が一人でいるのかが分かってすごく悲しかった。やっと知り合えたのにお別れになっちゃうのかなって心配だった。それが嫌で思い切って告白してみたら、うまくいってものすごく嬉しかった。帰り道、調子に乗って走ってたら電柱に頭ぶつけてすごく痛かったw

　東京についてきてくれるってなった時もそう。嬉しくて、私には君が必要なんだって思った。君みたいに周りの人のことをちゃんと思いやれて、自分のことより、人のことを優先できる君のことがすごいなって思った。私も真似してみたけど、うまくいかなくて、君にはなれないんだなって落ち込んだこともあったんだよ。それでね、気づいたの。何で君がそんなに人に優しいのか。それはね、君が強い人だから。強い人は人の力を借りるんじゃなくて、自分の力を分け与えてあげられるの。それに気が付いたとき、君は名前通りの人なんだって分かったの。いつも私たちを見守ってくれて、何も言わずに明るく励ましてくれる。そんな君に私はなりたい。もっと君と一緒にいたい。優しい君のそばにずっといたら私も誰かに寄り添えたり、優しくなれると思うの。君みたいに強い人になるにはまだまだ時間がかかりそうだし、こんな私だけど、ずっと私のそばにいてください。

君は私の太陽です。

天野　ひかり」

読み終わって僕は泣いた。いろんな感情が入り交じった涙だった。

彼女に伝えたかった。僕なんかより君の方がずっと優しい人なんだって。僕の方が君のことを必要としてて、いつもどんな時も明るくて強い君に僕は憧れていたんだって。

僕は君になりたかった。君のそばにいれば、半分だけでも、君のようになれると思ってた。

もっと彼女を感じたかった。でもそれには止まっている僕の全てを動かさなくてはいけなかった。それは現実を見るということだった。君がいなくなってしまったことを認めなくてはいけなかった。

それでもいいと思った。君の僕への思いをこの心にしっかりと刻みたかった。痛さと悲しみが最初に心に入ってきた。でもすぐに、優しい気持ちが心を満たして、僕を温めてくれた。

彼女がいなくなってしまった現実よりも、彼女の手紙が嬉しかった。その現実の方が僕の全体を包み込んでくれていた。

どんどんと温かくなる心を実感として、僕はまだ生きていた。手も足も脳も内臓もその機能を再び開始させ、僕を動かした。

部屋にあったものを適当に口の中に入れた。それは彼女が好きなものばかりだった。口に入れた食べ物の味が生きてることを感じさせてくれた。お腹にものが届くと余計にお腹が減り、それがまた僕が生きていることを実感させてくれた。

身体に食事が取り込まれ、それを栄養として、僕はまた大きく泣いた。顔を伝う熱い雫が流れ落ちる度に生きるとはこういうことであるのだと思った。

それから僕はこれからのことを考えた。世界で今起きていること、そのことを考えて、これから自分がどの道を選び、進んでいくべきかを真剣に考えた。考えて。

考えて。

考え続けた末に僕がたどり着いた答えは……。

九

長い旅の疲れのせいか、いつのまにか眠ってしまっていたようだった。バスの窓に身体を寄り添わせ、揺れる車内があまりにも静かだったため、眠気が襲ってきたことにさえ気がつかなかった。

バスのアナウンスで目を覚ますと、僕が降りるべきバス停はもう次で、降車ボタンを押そうと思ったら、もう押された後であった。

バスが目的地に着くと、僕も含め、数人しか降りる人がおらず、僕は誰よりも先に降りて、前を歩いた。

バスを降りると目的地は目と鼻の先だった。そこはあの日の慰霊のために作られた公園だそうで、平らな地面に小高い緑の山が一つあるだけだった。

歩いている途中に見えてきたのは白い発芽だった。芽生えの塔と呼ばれているそれは、この大地に緑と豊かさが戻るようにと願いが込められたものであり、僕の目的地の終着点であった。

僕は目的地に着くと、まず深くお辞儀をしてから、手を合わせた。慰霊碑は種の形をしており、左右にはあの日に犠牲となった人たちの名前が並んでいた。

僕は心の中で「ただいま」と呟いた。

僕は帰ってきた。僕らの故郷であるここに。

僕らがいたころにあったものは何もかも流された後であり、寒そうに大地が見えているだけだった。

全てがなくなった後ではあったが僕は懐かしさを感じていた。そこを流れる空気は故郷のものであり、その空気を吸うと、落ち着いた。この気持ちを郷愁というのだろうか、僕はこの大地に確かな愛着を持っていた。

僕はそこに僕の探し人がいるのか分からなかったが、とにかく話したいことを話すことにした。

彼女には是非とも聞いてほしい話だった。

「久しぶりだね。話したいことが多くて何から話せばいいのかわからないけど、まずは僕はここに帰ってくることにしたよ。君と暮らしてたあのアパートは引き払ってきちゃった」

「　」

「何、ひどいって？　仕方ないじゃないか。あそこには大切な思い出がいっぱいあるけど、君のことを思い出して、悲しくなるのは君だって本意じゃないだろう」

「　」

「今度は何？　じゃあ帰ってくるのが遅いって？　それも仕方ないだろう。本当に色々なことがあったんだから。あの震災があって、父と再会を果たした後、君の手紙を読んで僕はどうしていいか分からなくなった。生きる目標にしてた君がいなくなっちゃって、何のために生きればいいのか相当、悩んだよ。君の後を追おうかと何度も考えた」

「　」

「分かってるよ。だから、こうしてちゃんと生きてるじゃないか。初めは何もする気が起きなくて、ずっと引きこもってた。でも、そうもいかなくなって、自分のこれからの人生について考えた。何を目標に自分が何を成さねばならないのか考えて。考えて、考えて、考え抜いた結果、やっぱり答えは君だった。僕のためにいろんなことをしてくれたお礼に君が喜ぶようなことをしようって。そしたら、やるべきことは案外、簡単だった。奨学金を借りて大学に入って、四年間勉強した後に僕は教師になった。君の夢を僕が叶える形になっちゃったけど、それでもいいよね。だって僕は本当に君みたいになりたかったんだもん。今でも僕にとって君は尊敬する人で、目標とする人で、特別な人で、一番好きな人だから。だから、こんなところまで追いかけてきたんだよ。少しは褒めてよ」

「　」

「ありがとう。それから、あの手紙。ずっと訂正したかったんだけど、僕は強い人じゃないよ。君の方がよっぽど強い人だよ。だって、君のおかげで僕は父と再会することが出来て。君のおかげで今は教師をやってて。君のおかげで僕は今、こんなにも笑えるようになったんだよ。時間はかかっちゃったけど、でも僕は今の自分がすごく好きなんだ。世界がこんなにも明るくて、楽しいことで溢れてたなんて知らなかった。君からもらった光のおかげで僕の行く先は明るいよ。だから、もうちょっと待ってて。いいよね？　君はいつも僕の先を歩いて行っちゃうから、追いつくまでにたくさん君に話すことを用意しておくよ。それじゃあ」

「　」

「うん。いってきます」

僕は新しい一歩をその足で歩み始めた。前や横を歩いてくれる人はいなかったが、その歩調は確かなものである自信があった。
僕は一人だったが、歩む歩幅は二人分だった。

夏川　龍（なつかわ　りゅう）

2000年生まれ。東京都出身。
本作がデビュー作。

君は僕の太陽でした

2023年２月23日　初版第１刷発行

著　　者　夏川　龍
発 行 者　中田典昭
発 行 所　東京図書出版
発行発売　株式会社 リフレ出版
〒112-0001　東京都文京区白山 5-4-1-2F
電話（03）6772-7906　FAX 0120-41-8080
印　　刷　株式会社 ブレイン

ISBN978-4-86641-594-9 C0093
Printed in Japan 2023